Edition *SPLITTER*

Victor Wiege

SPATZENFÄRBER

CIP-Titelaufnahme der Deutschen Bibliothek
WIEGE, Victor
SPATZENFÄRBER
Umschlag: Wiege, Victor
Satz und Druck: Druckerei Herzig
Redaktionelle Mitarbeit: Diethart, Johannes
Herausgeber: Edition *SPLITTER*, Wien 1994

Alle Rechte, auch die des auszugsweisen Nachdrucks,
der photomechanischen Wiedergabe,
der Übersetzung und der Übertragung
in Bildstreifen, vorbehalten.
© 1994, by Edition *SPLITTER*
1010 Wien, Salvatorgasse 10
ISBN 3-901190-07-4

Für mein Kind

Dort, wo du geboren bist, war der Geburtstag kein besonderer Tag. Es gab Betroffene, die ihren Geburtstag nicht kannten, einige nicht einmal das Geburtsjahr, sie wußten nur ungefähr, wie alt sie sind, plus minus ein paar Jahre.

Du kennst deinen Geburtstag, den vierundzwanzigsten September. Die Stunde allerdings ist dir nicht geläufig, hat dir keiner gesagt, und du hast nicht nachgefragt, das ist auch der Grund dafür, warum kein Sterndeuter im Stande war, dir die Zukunft aus Sternenkonstellationen vorherzusagen. Die Geburtsstunde wäre unbedingt notwendig, wurdest du belehrt, so weißt du absolut nicht, was dir die Zukunft bringen wird.

Gezeugt spät im Jänner, in einer kalten Nacht, südöstlich vom Berge Ararat, dort, wo Noahs Arche gelandet sein soll. In dieser Gegend herrscht Väterchen Winter sehr streng. Die Nacht war kalt, das ist sicher. Eine lange kalte Nacht spät im Jänner.

Die Frage, ob du ein Wunschkind warst, geplant und willkommen, kannst du getrost verneinen.

Es war eine Zeit der Improvisationen, da hat keiner lang überlegt und geplant, nach durchschnittlich neun Monaten war es dann so weit, viele haben ohnehin die ersten zwei, drei Monate nicht überlebt. Pocken, Scharlach, Typhus, Tuberkulose hatten alle Hände voll zu tun, wer am Leben blieb, war so ziemlich immun.

Verhütungsmittel wie Kondome waren kaum bekannt, außer uniformierten Usurpatoren, die welche hatten, wußte keiner davon. Du sahst, als du neun Jahre alt warst, einen Schulkameraden mit einem aufgeblasenen Kondom spielen, das er von einem Soldaten der Roten Armee geschenkt bekommen hatte. Dein erstes Fremdwort war ein russisches: Job twoju mat, Hurensohn. In jener kalten Jännernacht der Fünfzigerjahre hat eine einzige Samenzelle aus mehr als zweihundert Millionen das Ei erreicht.

Bekanntlich gab es damals kein Fernsehen. Ihr hattet nicht einmal einen Funkempfänger oder ein Radio. So ein Radio, Marke Minerva, sahst du erst mit sieben Jahren in der Gazwiner Hauptstraße,

„Made in Germany". Imposante Mahagonikiste mit magischem Auge, das grün leuchtete wie ein Katzenauge.

Damals konnten die Spermien relativ ungehindert das Ei erreichen. Die durch tödliche Krankheiten dahingerafften Kinder wurden durch neue ersetzt, Gott nimmt, Gott gibt, so ging das.

Rückblickend, wäre es unfair, die Eltern schuldig zu sprechen, denn sie wußten nicht, was sie taten, sie waren keine Propheten und sie konnten nicht ahnen, was euch erwartet. Ein Dach über dem Kopf haben und die Kinder irgendwie durchbringen, das war schwer genug, du weißt wirklich nicht, wie sie damals all diese Probleme bewältigt haben, in diesem Teil der Welt, knapp nach dem Zweiten Weltkrieg, um eine sechsköpfige Familie durchzubringen.

Oben in Moskau war Stalin im Kreml gestorben, und kein Mensch dachte daran, daß vier Jahrzehnte später das Sowjetreich auseinanderfallen würde. Ein Tyrann war gestorben. Radio Moskau sendete

Trauermusik: Jossif Wissarionowitsch Stalin, der große Sohn des Sowjetvolkes, hat die Augen für immer geschlossen, meldete die feierliche Stimme, das war neunzehnhundertdreiundfünfzig. Ob er ein geplantes, gewünschtes Kind war?

Er wollte wie seine älteren Brüder in die Schule gehen, jeden Tag packten sie ihre Schulbücher und gingen, er blieb allein, und spielte den ganzen Vormittag im Hof. Drei Riesenpappelbäume standen vor dem Haus. Mit fünf Jahren konnte er schon ganz hoch hinaufklettern, um über die Lehmdächer von Gazwin den türkisblauen Zwiebelturm der Hussein-Moschee zu sehen, weit, weit weg und unerreichbar, wie er glaubte. Am späten Nachmittag kamen seine Brüder zurück, warfen die Schulbücher irgendwo hin und spielten draußen vor der Haustür mit „Gassenkindern" Football, mit einem alten grauen Tennisball. Die „Gassenkinder" von Halime-Chatun waren zerlumpte, rotznasige Ungeheuer; wir durften mit den Gassenkindern von Halime-Chatun nicht spielen, wir taten es trotzdem, und wenn der Baba davon erfuhr, gab es Prügel mit einer Kirschrute von dem Baum, der im Hof stand und im Frühling üppig blühte. Halime-Chatun war stets stärker als die Angst vor Hieben, so spielten wir weiter. Halime-Chatun, ein großer staubiger Platz, dreieckig, im Osten des Platzes ein mächtiger Maulbeerbaum, die Beeren waren im Spätsommer reif, die reifen Maulbeeren waren blauschwarz und süß. In dieser Zeit litten alle Gassenkinder an Durchfall, die Schatut (rote Maulbeeren) war schuld.

Halime-Chatun war eine der Universitäten meines Lebens, sagte er, diesen Begriff habe er von Maxim Gorki ausgeborgt, er sei mit klassischer russischer Literatur aufgewachsen: Tolstoj, Nikolai Gogol, Anton Tschechow, Dostojewski, Puschkin, Maxim Gorki, Turgenjew, Gontscharow und später Michail Bulgakow.

Sein erster Schultag sei ein großes Fiasko gewesen. Man hatte endlich nachgegeben und ihn früher als üblich, er hatte gerade das fünfte Lebensjahr vollendet, in die Schule geschickt. Als Erstklaßler hatte er lernen müssen, die rechte Hand und den Zeigefinger auszustrecken, wenn er irgendwas zu melden hatte, irgendwann in der zweiten Stunde habe er dann dringend müssen und ordnungsgemäß seine rechte Hand gehoben und den Zeigefinger ausgestreckt, und die Lehrerin hatte nicht reagiert. So habe er lange mit gehobenem rechten Arm, die linke Hand zwischen seine Beine drückend, gewartet, und die Lehrerin habe weiterhin nicht reagiert, er habe nicht mehr widerstehen können, und unter dem Schultisch neben seinen Leinenschuhen habe sich ein ziemlich großer Fleck ausgebreitet. Er erinnere sich genau, wie die Lehrerin auf ihn zugekommen sei und ihn am linken oder rechten Ohr, so genau wisse er das nicht, brutal gezogen habe, so daß er aufstehen mußte. Die Schulkameraden haben ihn für den Rest des Jahres „Hosenpinkler" getauft. So war ihm die Schule schon ab dem ersten Tag für immer verhaßt. An das Gesicht der Lehrerin könne er sich nicht erinnern, er wisse nur, daß sie einen Klumpfuß gehabt habe, denn sie sei humpelnd auf ihn zugekommen.

Er bewundere Menschen, die schreiben und sich an die kleinsten Begebenheiten ihrer Kindheit erinnern, an Dinge, die vierzig oder mehr Jahre zurückliegen, sie schreiben sogar Wort für Wort Gesagtes nieder, nein, das könne er nicht, so wolle er auch nicht jedes Wort unterschreiben, das er hier niederschreibt, er könne nur aus dem Nebel der Vergangenheit die schärfsten Bilder beschreiben, die ihm irgendwie im Gehirn eingebrannt sind, in vielen Fällen könne er sich an das Gesagte nur sinngemäß erinnern, oder an Schlagwörter, die ihn getroffen haben. Er habe entdeckt, und das sei äußerst beunruhigend, daß sich Träume in das reale Bild der Vergangenheit, ohne klare Grenzen, einfügen. Er stehe oft ratlos da und frage sich, ob er dieses oder jenes erlebt oder geträumt habe. Er könne sich vorstellen, daß die Vergangenheit ohnehin das Geträumte sei, er werde aufwachen, schweißgebadet, alles sei bloß ein Alptraum gewesen. Kinder zeuge man zwar meistens mit geschlossenen Augen, später sieht man sie trotzdem, er habe aber keine Kinder in die Welt gesetzt, wenn er irgendwas überlegt vermieden habe, dann Kinder in die Welt zu setzen, und zwar in diese Welt.

Stell dir vor, du hättest Kinder und sie würden dich eines Tages zur Rede stellen und Rechenschaft verlangen, sie oder er würde sagen, du hättest es vermeiden können, es gab ja genug Kondomautomaten in jedem Pissoir, zum Beispiel im Café „Museum", irgend ein Spaßvogel hatte mit Filzstift daraufgekritzelt „Jute statt Plastik". Ja, was hättest du für eine akzeptable Antwort, wenn die vermeintlichen Kinder, sie oder er, dich gefragt hätten, warum. Genau diese Frage hast du deinem Vater gestellt, als du dreizehn warst.

„Du neunmalkluger Grünschnabel hast keine Ahnung, und du weißt nicht, wovon du sprichst", war sinngemäß seine Antwort. Er ging auf die Frage gar nicht ein, wie sollte er auch, dir ist es heute klar, daß diese Frage eine unfaire Frage ist.

Denn die Frage nach dem Sinn ist ein Unsinn, mit diesem Satz hatte Juan Carlos de Soledad es auf den Punkt gebracht, vor und nach ihm hat keiner mehr diese Frage so kurz und erschöpfend beantwortet. Von den alten Kynikern, von Diogenes bis Jean-Paul Sartre, eine Menge kluge, scharfsinnige Leute haben dicke und dünne Bücher verfaßt, Essays, Geschichten, erkenntnistheoretische Schriften und weiß der Kuckuck was, dann kommt ein Juan Carlos de Soledad und schreibt einfach: „Die Frage nach dem Sinn ist ein Unsinn", so geht das.

Nach dem Fiasko des ersten Schultages am vierundzwanzigsten September neunzehnhundertfünfzig war für den Hosenpinkler der tägliche Gang zur Schule ein Alptraum, vor allem die Pausen, die Pausen fürchtete er am meisten, er wurde umringt von den kleinen Monstern, die im Chor „Hosenpinkler!" schrien, und das Obermonster, der Sohn des Metzgers vom Dschume-Bazar[1], griff nach seinem Pimmel und zog, bis ihm die Tränen ka-

---

[1] *Dschume-Bazar, Freitagsbazar.*

men, Reza hieß das Obermonster, es konnte aber auch Dschawad oder Taghi gewesen sein, er habe kein Namensgedächtnis, Gesichter aber könne er sich jeder Zeit in Erinnerung rufen, Gesichter vergesse er nicht.

Dieser Reza war ein kahlgeschorener, pockennarbiger Gnom, der – er rieche es noch – nach Kebab und Zwiebeln gerochen habe:

„Sag, ich bin ein Hosenpinkler!"

Die Schmerzen seien unerträglich gewesen, und er habe weinend wiederholt, er sei ein Hosenpinkler, der Gnom habe dann seinen Pimmel losgelassen.

Die kleinen Monster haben sich jedesmal köstlich amüsiert, er sei für sie ein ideales Opfer gewesen, klein von Wuchs, ein Fremder, der ihrer Sprache nicht mächtig war und eine komische Aussprache hatte, die sie zum Lachen brachte. Sie äfften ihn nach und schlugen mit der flachen Hand auf seinen Kopf. Die lieben, kleinen Monster ließen ihn in keiner Pause mehr in Ruhe, er versuchte sie zu bestechen, er stopfte morgens seine Hosentaschen mit Rosinen voll, brachte sie in die Schule und verteilte sie großzügig unter seinen kleinen Peinigern, es half nichts, und sie griffen bald in seine Taschen und bedienten sich selbst und taten wie sonst, sie warteten gierig jeden Tag auf Rosinen und verlangten jeden Tag mehr. Er kam in einen Teufelskreis, den ersten in seinem Leben.

„Wehe, wenn du morgen nicht genug mitbringst", drohte ihm Reza oder Dschawad.

„Wir schneiden Dir Deinen Pimmel ab, denk daran!"

Seine Mutter wunderte sich über die Unmengen Rosinen, die er täglich in die Taschen stopfte und in die Schule mitnahm. Sein um drei Jahre älterer Bruder erfuhr zufällig von seinem Leid, warf ihm Feigheit vor und versprach ihm, sich um die Hurensöhne zu kümmern:

„Warum sagst Du kein Wort?"

Am nächsten Tag habe sich sein Bruder mit der Leichtigkeit und Eleganz eines japanischen Akidu-Meisters die kleinen Monster vorgenommen, sie hatten noch die erbeuteten Rosinen im Mund, als er sie verdrosch, Rezas Rotznase blutete, und er hielt seine Hände über den Kopf – eine Haltung, die er nie vergessen könne – und damit war die Pausenfolter vorbei, keine Rosinen mehr für Hurensöhne, keine Ängste mehr.

Nun, er habe nie gelernt zuzuschlagen, wenn er in Bedrängnis gewesen sei, Notwehr sei seine Sache nicht gewesen, auch dann nicht, wenn er physisch überlegen gewesen ist, irgendwas hielt ihn zurück.

„Es ist ein Jammer mit Dir", diesen Satz habe er oft gehört.

„Ein Jammer, was soll bloß aus Dir werden."

„Du kannst Dir doch nicht an Deinen Pimmel greifen lassen und losheulen, Mensch, hau zurück, das mußt Du lernen."

„Ich kann doch nicht jeden Tag hinter Dir herlaufen, damit Dir keiner was tut."

Wir zogen bald von Gazwin weg, und ich habe die kleinen, rotznasigen Monster nie wieder gesehen.

Sein Vater war damals Untersuchungsrichter. Was ein Untersuchungsrichter sei, habe er nicht gewußt, nur soviel, daß er jeden Tag ins „Büro" ging und öfter auf Dienstreisen fuhr, die Tage und Wochen dauern konnten.

Vaters Dienstreisen waren für ihn – daran erinnere er sich genau – reine Festtage, und sehr oft hoffte er, Vater möge von irgendeiner Dienstreise nicht mehr zurückkehren und woanders anderen Kindern mit Kirschruten nachjagen. „Vater ist auf Dienstreise", war eine magische Formel der Befreiung, für kurze Zeit natürlich, denn es brach sofort das Chaos aus, Mutter konnte der Lage nicht Herr werden und drohte, wenn sie mit ihren Nerven am Ende war: „Wartet, bis der Baba zurückkommt!"

Sie hat uns sehr selten verraten, es war nicht immer möglich, unsere Untaten zu verheimlichen, zerbrochene Fensterscheiben, blutige Köpfe und häßliche Wunden am Knie gab es beim Handballspiel. Die Wunden am Knie fürchteten wir am meisten, nicht die Schmerzen, die Schmerzen machten uns nichts aus, die zerrissenen Hosen waren wahrlich eine Katastrophe, und die Hosen gingen regelmäßig drauf.

Neue Kleider waren für unsere Verhältnisse reiner Luxus.

Jedes Jahr zum Neuruz-Tag[2] schneiderte uns der Schneider „Usta Dschafar" im „Ferdusi-Suck" neue Kleider für die Schule. Ein Jahr lang mußten wir mit der grauen Uniform durchkommen. Die Hosen am Knie und die Ellbogen wurden dann recht und schlecht immer wieder geflickt, am Ende des Jahres sahen die Sachen erbarmungswürdig aus, es war nicht leicht, in solchen Fetzen „ordentlich" auszusehen.

„Ihr seht aus wie Bettelkinder, es ist eine Schande, eine Schande ist das."

Nach den ersten drei Monaten hörten wir allmählich auf, auf unsere neuen Kleider achtzugeben, das war ohnehin vergebens, auch Baba gab es auf, uns genauer anzuschauen, und beschränkte sich darauf, resignierend zu sagen: „Eine Schande

---

[2] *Neuruz-Tag, Neujahrstag.*

ist das!" Erst danach, nachdem Baba alle Hoffnung hatte fahren lassen, fühlten wir uns frei, und die Kleider paßten uns, ich trage seither nicht gerne neue Kleider, in den neuen Kleidern fühle ich mich nicht wohl, ich kann sie nicht „natürlich" tragen, erst wenn sie abgetragen sind, trage ich die alten Sachen, bis sie nicht mehr tragbar sind.

„So kannst Du wirklich nicht mehr herumlaufen", höre ich dann oft, so geht das.

Alles hängt mit allem zusammen, wurde ich belehrt, die Spuren bleiben, sagte man mir.

Er lehnte sich zurück, in abgetragener Jeanshose und schwarzer Weste, mit grauem Bart und der Pfeife in der Hand.

Juan Carlos de Soledad schreibt in seinem Essay „Sturzflug des Symorg"[3] : „Nur Fragen, auf die es keine Antworten gibt, verdienen es, gefragt zu werden."

Die Schriften von Juan Carlos de Soledad sind aus dem Spanischen nie in eine andere Sprache

---

[3] *Symorg, Sagenvogel aus der persischen Mythologie.*

übersetzt worden. Juan Carlos de Soledad sei so gut wie unbekannt.

Neunzehnhundertsiebenundachtzig in Quito, Ecuador, im Alter von sechsundsiebzig Jahren gestorben, Juan Carlos de Soledads Schriften habe er Mai neunzehnhundertneunzig im Bücherregal seines Freundes, der neunzehnhundertachtzig nach Ecuador emigriert sei, entdeckt. Reiner Zufall.

H. F. Marvin habe ihn neunzehnhundertvierundsiebzig in der kaukanischen Hauptstadt in einem Interview gefragt, ob er Fatalist sei. H. F. Marvin war ein Narziß und maßlos egozentrisch, er nannte sich einen Rationalisten, wie alle Rationalisten war H. F. Marvin auf einem Auge blind, wenn nicht auf beiden. „Ratio, was ist das?" habe er gefragt, „die Ölpest im Ozean?"

Er habe sich damals geweigert, das Gespräch mit H. F. Marvin zu Ende zu führen, er sei H. F. Marvin nie wieder begegnet.

H. F. Marvin war kein Fatalist und trotzdem tot. So geht das.

Journalisten haben kein Langzeitgedächtnis. „Aktualität" heißt das Mißverständnis, das ist ihr Problem, und ihr kurzes Gedächtnis gaukelt ihnen Originalität vor.

Ein einziges Mal nahm mich Baba auf eine Dienstreise mit, in ein gottverdammtes kleines Dorf nordwestlich von „Zantschan". Wir fuhren in einem alten Ami-Jeep aus dem Zweiten Weltkrieg, denn dorthin gab es keine Straßen, ein Mordfall, tödlicher Streit um Wasserrechte, Baba verhörte die Mordverdächtigen im einzigen Klassenzimmer der Dorfschule. Drei Bauernknechte mit speckigen Filzhüten auf den Köpfen saßen mit gefesselten Händen auf dem Lehmboden, bewacht von opiumsüchtigen Dorfgendarmen. Das Verhör dauerte schon lange, knapp nach Mitternacht gestand einer der drei, der Jüngste. Tatwaffe eine Sichel, die Leiche weit vom Dorf in einem ausgetrockneten Brunnenschacht. Ich muß irgendwann nach Mitternacht eingeschlafen sein, deutlich seh ich noch die Petroleumlampe vor mir, die gelbe Flamme flackerte, und die schwarzen Schatten an den Lehmwänden tanzten, die roten Lider der Gendarmen fielen immer wieder zu, fette Schweißtropfen liefen ihnen über die Stirn herunter, ich war damals sechs Jahre alt.

Das Heimatkino lag am „Heimatplatz", ein schäbiges, altes Vorstadtkino, die Filme ausschließlich amerikanische B-Picture, Abenteuerserien in der Mehrzahl, an Feiertagen liefen alle Serien in einer Vorstellung ab, die vier bis fünf Stunden dauerte, in Originalfassung. Es gab noch keine synchronisierten Filme. Dialoge wurden zusammengefaßt, gekürzt, übersetzt und als Zwischentext in den Handlungsablauf montiert, und jedes Mal, wenn der Zwischentext erschien, lasen die Zuschauer gemeinsam, so schnell und so gut sie konnten, ein dumpfes „Rabarbar", das plötzlich einsetzte und aufhörte, ein seltsamer Toneffekt.

Im dunklen Kinosaal des Heimatkinos saß ich unzählige Stunden meiner Kindheit.

„Zorro mit der schwarzen Maske", „Zorros Rache", „Zorro kehrt zurück", „Tarzan und die Pantherfrau", „Tarzan im Lande der Pygmäen", „Tarzan und die Königin des Dschungels", „Der Sohn des Tarzan", „Tarzans Rache".

Im dunklen Saal des Heimatkinos sah ich zu, wie die wilden, bösen Indianer die edlen Weißen skalpierten und ihre Frauen vergewaltigten, bis die US-Kavallerie geritten kam und die Wilden massakrierte. Nur tote Indianer sind gute Indianer.

Hollywood B-Picture-Weltanschauung ließ mich, den Volksschüler, im Heimatkino, Tausende Kilometer weit weg von den „Metro-Goldwyn-Mayer"- und „Warner Bros."-Studios, nicht aus. Ratio also.

Die paar Groschen, die ich für Bleistifte und Schulhefte bekam, lieferte ich sofort an der Kinokassa ab, um von „Metro-Goldwyn-Mayer" und „Warner Bros." und „Columbia Pictures" belehrt zu werden, daß nur tote Indianer gute Indianer sind. So geht das.

Da gab es noch kein TV und „Cable" und „NBC" und „BBC" und „CNS", „Sky-Channel" und „Super-Channel" und die anderen schönen Dinge.

Mit neun, zehn Jahren waren es Jonny Weissmueller, John Wayne, Allen Lad, Randolph Scott, Erol Flynn, Victor Mature, Gary Cooper und die vielen anderen, die meinen Kopf erobert hatten, sie küßten, ritten, schossen und töteten bis zum Happy-End.

Jean-Paul Sartre war mir erst mit neunzehn ein Begriff. Reiner Zufall. Jeder ist seines Schicksals Schmied, heißt es.

Er klopfte seine Pfeife am Aschenbecherrand aus.

Juan Carlos de Soledad verbrachte sechs Jahre, von neunzehnhundertachtundsiebzig bis neunzehnhundertvierundachtzig, in Otavalo, einer Indiostadt, zweitausendachthundertfünfzig Meter über dem Meeresspiegel, oben in den Anden und beobachtete stundenlang den kreisenden Flug des Condors. Er starb an einer Überdosis Einsamkeit und hinterließ hundertsechs Manuskripte und eine Schreibmaschine, Marke „Olympia", Baujahr neunzehnhunderteinundfünfzig, und abgetragene Kleider.

Jorge Hidalgo, der seine Werke in bescheidener Auflage verlegte – Aurora-Verlag – bewahrte die Hinterlassenschaft. Jorge Hidalgo zeigte mir die Olympia-Schreibmaschine mit dem letzten noch eingespannten A 4-Papier, halb beschrieben.

Die Hauptstadt T. war in den Fünfzigerjahren noch keine Millionenmetropole. Als ich dieses Land neunzehnhundertneunundfünfzig verließ, lebten in T. knapp eine Million Menschen, neunzehnhundertneunzig waren es bereits zwölf Millionen. So geht das.

Die schwarzen Taxis – Citroen, Baujahr achtundvierzig oder neunundvierzig – gut bekannt aus dem französischen „Film Noir", und die wenigen Privatautos waren der motorisierte Teil des Verkehrs. Droschken und Pferdefuhrwerke waren noch in der Mehrzahl, zwanzig Jahre später war in der Hauptstadt T. die Hölle los. Ich habe diese Zeit nicht erlebt. Kannst du's dir vorstellen, du verläßt mit fünfzehn Jahren dieses Land mit knapp neunzehn Millionen Menschen, mit vierzig Jahren erfährst du, daß es bereits fünfundfünfzig Millionen sind?

Meine Schuljahre waren verlorene Jahre, unterbezahlte Lehrer versuchten im überfüllten, desolaten Klassenzimmer ein wenig von Nichts einem zerlumpten Haufen Schüler beizubringen, Lesen und Schreiben und das Einmaleins, der Rest war abstraktes Geschwätz, später, wenn irgendeiner von uns zufällig die Möglichkeit fand, außerhalb des Schulsystems „zu studieren", mußte er sich zuerst von all der erlernten, verlogenen Scheiße befreien, Tabula rasa.

Man lernte – der Fairneß zuliebe, muß ich gestehen – in diesen Talent-, Geist- und Hoffnungs-Schlachthöfen des Erziehungs- und Kultusministeriums Verlogenheit, Bauernschläue und bescheidene Überlebenskunst, nur den wenigsten ging irgendwann ein Licht auf. Rein zufällig.

Die Märchen, die ich aus meiner Kindheit kenne, waren aus dem „Buch der Bücher", Alttestamentarisches, die uns Baba erzieherisch vorlas. Abraham und Moses und die x anderen Propheten, die aufwendige Wunder vollbrachten, dank einem Gott, der sich damals noch aktiv um seinen Planeten kümmerte, das waren noch Zeiten, als er das Rote Meer sich spalten ließ, um sein auserwähltes Volk zu retten. Er belohnte und bestrafte nach seinem Willen, Lust und Laune.

Prophet Moses war mit Abstand mein Favorit, denn er vollbrachte die spektakulärsten Wunder. Ich denke, irgendwann muß der Herrgott sein Interesse an seinen Erdlingen verloren haben, gehet hin und vermehret euch und machet euch die Erde untertan, er hätte es nicht zweimal sagen müssen, er ignoriert uns, keine Wunder mehr, keine Propheten mehr. Rattenfänger und falsche Propheten kommen und gehen, und er schweigt, oder er hat andere Probleme, er hat ja Milliarden solcher rotierender Kugeln, tot oder lebendig.

Oder der Herrgott hat absolut keine Ahnung, was in dieser Ecke seines unendlichen Reiches vor sich geht. Die Möglichkeit, daß es keinen Gott gibt, war für mich ein schlechter Witz und keine Antwort auf meine Fragen, es gibt keinen Gott und basta. Eine staubtrockene und phantasielose Antwort.

Mit sieben Jahren fütterte ich meine Seidenraupen mit frischen Maulbeerbaumblättern, ich sah, wie sie sich in ihre Kokons einschlossen, und sah sie als Schmetterlinge davonfliegen. Es blieben in meiner Schuhschachtel Maulbeerbaumblätter und seidene Kokons in rosa, gelb, grün und weiß übrig.

Jede Nacht im Juni, Juli bis Ende August, Anfang September schliefen wir auf der Dachterrasse. In mondlos klaren Nächten lief die Milchstraße quer über das Albruz-Gebirge, die Sternschnuppen liefen rasend, aus dem Nichts kommend, in meine Augen und brannten einen langen, orangeroten Streifen in mein Hirn. Ich schloß die Augen und genoß die grünen Nachbilder.

So einen klaren Nachthimmel sah ich neunzehnhundertvierundsiebzig im künstlichen Himmel des kaukanischen Planetariums „Urania", aus den Lautsprechern hörte ich die konservierte Stimme, die gerade den „Kleinen Bären" lokalisierte.

Du warst ein miserabler Schüler, selten bei der Sache, du saßest im Klassenzimmer, schautest aus dem Fenster und warst abwesend, es traf dich ab und zu ein Stück Kreide, das irgend ein Lehrer nach dir warf und das dich wieder in die Klasse zurückholte, du wurdest zur Tafel beordert und befragt, du wußtest fast immer nichts und bekamst einen Fleck. Der Mathematiklehrer, ein zerzauster, stets schlechtgelaunter alter Mann, schlug mit einem Lineal auf deine offenen Handflächen, es waren die seltenen Augenblicke des Lebens in seinen toten Augen, und sein blasses Gesicht färbte sich rot, er schlug exakt und rhythmisch, er wisse, sagte er, daß es vergeblich sei, dich zu bestrafen, denn gegen deine Dummheit sei kein Kraut gewachsen. So ging das. Die Handflächen brannten noch eine Weile, bis der Schulwart mit einem Hammer auf die verrostete Eisenplatte einschlug, die im Schulhof an einem Baum hing: das Pausenzeichen.

Die kleinen Monster stürzten hinaus, am Mathematiklehrer vorbei, er schrie, seine Stimme überschlug sich. Die Stimme klang genau so wie die Hexenstimme aus Roman Polanskis Film „Macbeth", den ich neunzehnhundertachtundsiebzig in Kaukanien sehen sollte.

„Verschwindet, ihr Bastarde, ihr Hurensöhne, Gott möge euch mit Wurzel und Stengel ausreißen!" Er prüfte uns dreimal im Jahr, jeder schrieb von dem einzigen Schüler ab, der als Mathematikgenie galt, und doch ging es meistens schief. Der Mathematiklehrer schwenkte die Blätter hoch über seinem Kopf und schrie: „Ihr seid nicht mehr und nicht weniger als zweiunddreißig Esel, die von einem Ochsen abgeschrieben haben." Und er verteilte mit rotem Kopf dreiunddreißig Ungenügend.

Jeden Tag beim Morgenappell zog der Klassenvorstand die Fahne hoch, und wir sangen im Chor die kaiserliche Hymne, ein paar schwachsinnige Strophen, falsch gesungen. Wir standen in Reih' und Glied, spät im Herbst und in den Wintermonaten froren wir. Die kaiserliche Hymne begann mit: „Es lebe der König der Könige." Wir standen da in unseren grauen Uniformen mit kurzgeschorenen Haaren, rotzig und frierend. „Es lebe der König der Könige, das Licht der Arier."[4]

Der König der Könige, ein großer Freund des Westens, wie ihn US-Präsident Jimmy Carter lobte, mußte neunzehnhundertneunundsiebzig das Land verlassen, unheilbar krank, schrieb der König der Könige im Exil: „Die Amis warfen mich aus dem Land wie eine tote Maus."

Das „Licht der Arier" war Jimmy Carters Lieblingsmonarch.

Wenn man solche Freunde hat, braucht man keine Feinde mehr. So sagt man.

Im August neunzehnhundertachtzig sprach der falsche Prophet mit dem schwarzen Turban: „Ihr sollt zerstören, zerstören, zerstören. Es kann nicht genug zerstört werden."

---

[4] *Licht der Arier*, einer der unzähligen Titel des Königs.

In Bürgerkriegszeiten schrieb Juan Carlos de Soledad: „Ich habe die marschierende Meute schreien hören: Viva la muerte." Die Geschichte der Menschheit ist Grund genug, um alle Hoffnung fahren zu lassen. „Wenn ich in den Spiegel blicke, sehe ich ein Ungeheuer", schrieb Juan Carlos de Soledad.

Millionen solcher Ungeheuer antworteten auf die Frage eines Rattenfängers, ob sie den Totalen Krieg wollen, mit Ja, sie wollten den Totalen Krieg. Ich habe die Stimme des Rattenfängers neunzehnhundertvierundsechzig in der kaukanischen Hauptstadt gehört, konserviert als Dokument für die Nachwelt. Europa lag in Schutt und Asche, schrieben die Historiker. Ein paar Tausend gingen auf die Straße, die weiße Taube von Picasso auf den Fahnen. „Nie wieder Krieg, nie wieder", man beschwor, mahnte, analysierte und hinterfragte. Die Ja-Sager von gestern schwiegen und spuckten in die Hände und bauten die alte Ordnung wieder auf.

Zu dieser Zeit liefen im kaiserlichen Kaiserreich die Dinge anders, „Massenmedien" beschränkten sich auf Zeitungen, Radios besaßen noch wenige. Tageszeitungen, zensuriert und kaisertreu, als ich so weit war, Zeitungen lesen zu können, hatten schon die genialsten Köpfe der Welt im Teamwork den Atomkern gespalten, gescheite Laborratten, Familienväter und Geigenspieler leiteten das Zeitalter der A-Bombe „for all mankind" ein.

Das erste Ei, das die Herren vom „Manhattan-Projekt" legten, war ein dickes Ei. Man taufte es „Little Boy" und ließ es auf Hiroshima fallen. Die Folgen kennt man.

Wir Gassenkinder standen am Straßenrand und beobachteten das einmalige Schauspiel. Mit Fahnen und Parolen behängte Taxis, vollbesetzte Autobusse, Droschken und Lastwagen fuhren vom armen Süden ins Zentrum. „Tod dem König, es lebe Mussadeg", der König der Könige war nicht tot, er war im Exil, offiziell war seine Majestät auf

Hochzeitsreise, die Königin Soraya im Schlepptau. Das war neunzehnhundertdreiundfünfzig.

Der König der Könige wartete im römischen Exil auf das Ende des Zwischenspiels, das Volk tanzte auf der Straße – „Wir haben den König davongejagt" – man setzte den Straßenkötern schwarze Brillen auf, solche Brillen, die seine Majestät fast immer trug, und jagte sie durch die Gassen.

Am nächsten Tag standen wir Gassenkinder wieder am Straßenrand und beobachteten mit offenen Mündern das bunte Treiben. Die Menschen trugen andere Parolen, andere Fahnen, keine Straßenköter mit schwarzen Brillen. Die Droschken waren vollbesetzt mit kreischenden Huren von Darwaze-Gazwin, Hurenghetto von T., und sie trugen das Bild seiner Majestät – in der Uniform eines Luftwaffenoberbefehlshabers – schwarzweiß und in Farbe. Die Menschen schrien: „Nieder mit Mossadeg[5] , es lebe der König der Könige!"

---

[5] *Mossadeg (Dr. Mohamed Mossadeg), Ministerpräsident 1953, durch CIA-Putsch abgesetzt. Er legte sich zuerst mit den Engländern an, nahm ihnen die Ölfelder*

Der CIA holte den Monarchen zurück, das war der billigste Putsch der Fünfzigerjahre.

Dem Führer der „Nationalen Front" verordnete der heimgekehrte Monarch Hausarrest bis zu seinem Tod. Die liberalen Parteien ließen Mossadeg im Regen stehen, auch der KGB wollte von ihm nichts wissen, keiner hatte Freude mit dem alten, starrsinnigen Mann, der das Ölgeschäft gefährdete. Eine Reinkarnation von Ghandi war niemandem willkommen.

Mir blieben die schwarz bebrillten Straßenköter und die kreischenden Huren von Darwaze-Gazwin im Gedächtnis. Wir Gassenkinder am Straßenrand waren Zeugen, wie man uns zum Schmied unseres eigenen Schicksals werden ließ. Der Spuk hatte zwei Tage gedauert, Chaos und Anarchie vorbei, das aufrührerische Volk wieder brav Untertan, seine Majestät und die Huren verschwanden wieder

---

weg, nicht genug damit, jagte er auch noch den relativ jungen Monarchen nach Italien, zwar nur für ein paar Tage, aber immerhin.

im Schloß und im Ghetto und wir Gassenkinder in den Klassenzimmern.

Kurz nach dem Putsch übersiedelten wir in den Norden der Hauptstadt T., in die Nachbarschaft der polnischen und ungarischen Botschaft, laut Messingschild an den Eingangstüren hießen sie noch „Volksrepublik" Polen bzw. Ungarn.

„Die Zeit vergeht wie ein abgeschossener Pfeil", deklamierte unser Literaturlehrer, ein dürrer Glatzkopf, leicht gekrümmt, ein alter Profi im Umgang mit den Schülern.

Am Beginn des Schuljahres verblüffte er die ganze Klasse mit seiner Einführungsrede. Er kam zehn Minuten zu spät, vorerst nahm ihn niemand wahr, denn der Klassen-Clown gab gerade eine von seinen Vorstellungen, er parodierte den Schuldirektor, sein Evergreen, der Literaturlehrer schaute eine Weile zu, klopfte ihm ein paarmal auf die Schulter: „Sehr gut, ausgezeichnet, mach Schluß jetzt und setz Dich hin!" der Clown war völlig aus dem Konzept und ging an seinen Platz. Der alte

Glatzkopf wartete, bis es ganz still war, und stellte sich hinter den Katheder und schaute jeden von uns kurz an:

„Also, Ihr kennt mich nicht, ich bin der neue Literaturlehrer, Ihr werdet mich bald kennenlernen. Ich bin – wenn es Euch interessieren sollte – seit dreißig Jahren Lehrer, ausschließlich im Süden, also in den miesesten Schulen des Landes, in diesen dreißig Jahren habe ich jede Menge als Lehrer gelernt, ich brauche Euch nur anzuschauen, ein Blick genügt, und ich weiß, was ich wissen muß, und was sehe ich?" fragte der Glatzkopf.

„Ich sehe einen Haufen Idioten, kleine, große, fette und dünne Idioten, und das soll die Zukunft des Landes sein, was für eine Zukunft. Ich danke Gott, daß ich sie nicht erleben werde, ich sehe Euch Schafsköpfe an und sehe schwarz, pechschwarz, ich sehe angehende Teppichhändler, ich sehe miese, korrupte kleine Beamte, ich sehe Zuhälter, ich sehe Folterknechte, Arschkriecher und Betrüger, ich sehe aber unter euch keinen einzigen

Dichter und Geiger und Mediziner, Physiker und Ingenieur."

Der alte Glatzkopf holte aus seiner Brusttasche den Flachmann und trank.

„Ich werde die Präsenzliste kontrollieren und die Abwesenden eintragen, meine Arbeit erledigen und werde mich genauso freuen wie Ihr, wenn die Stunde vorbei ist, und übrigens, es ist mir absolut einerlei, ob Ihr die Literaturstunde besucht oder ins (Rex-Kino) geht, mir ist das, sage ich nochmals, absolut egal. Je weniger von euch hier in der Klasse sitzen, desto leichter kann ich euch ertragen, damit wir von Anfang an klar sehen."

Der Glatzkopf hob die Hände hoch: „So, und jetzt schlägt die Stunde."

In der Pause sprach jeder über den neuen Literaturlehrer, keiner hatte je so einen Typen als Lehrer erlebt, allen fehlte die nötige Erfahrung, wie sollte man sich verhalten, was machen wir mit ihm?

„Mit ihm könnt Ihr nichts machen, der ist verrückt", klärte uns Dschawad, der Älteste unter uns, auf, der x-mal sitzen geblieben war und durch eine mysteriöse Krankheit stellenweise die Haare am Kopf verloren hatte und deshalb eine schwarze Mütze trug, die am Rand fett glänzte. Man nannte ihn Dschawad, „den Kahlen".

„Er ist ein verrückter Hurensohn, habt Ihr nicht gemerkt, daß er die ganze Zeit Taschenbillard gespielt hat, er hat die ganze Zeit seinen Schwanz geknetet, ich sage Euch, paßt auf Eure Ärsche auf!" Dschawad, „der Kahle", grinste die zwei Jüngsten in der Klasse an: „An Eurer Stelle würde ich sofort die Schule wechseln, sonst seid Ihr dran."

Der Kahle unterstellte dem alten Lehrer seine eigene, uns allen bekannte Neigung, hinter jüngeren Kameraden her zu sein, er, „der Kahle", schrieb – das war bekannt – Liebesbriefe an Homayun, einen mandeläugigen, zarten Burschen vom Alboruz-Gymnasium im Norden, einem Elitegymnasium für Söhne aus besseren Kreisen.

Dschawad, „der Kahle", wartete jeden Tag nach Schulschluß vor dem schmiedeeisernen Tor des Alboruz-Gymnasiums, um für ein paar Sekunden Homayun sehen zu können, der täglich von einem schwarzen Chevi abgeholt wurde. Homayuns Vater war Armeegeneral. Den Generälen ging es damals sehr gut, Vorrechte auf allen Ebenen: Dienstwohnungen, Dienstautos, Land-Rover oder Chevrolet, armee-eigene Supermärkte, Clubs, Kasinos und weiß der Teufel was. Sogar für Militär reservierte Strände am Kaspischen Meer.

In der sozialen Hierarchie belegten die Militärs nach dem König der Könige und seinen unzähligen Familien – dem sogenannten Kaiserlichen Hof – den zweiten Rang. Gefreiter Arsch war selbstverständlich ausgeschlossen. Die einfachen Soldaten verbrachten ihren Militärdienst als Hausknechte, Köche, Gärtner, Fahrer, Kindermädchen bei den Offizieren und Generälen, und falls sie schön und stark waren, verkürzten sie die einsamen Stunden der Offiziersfrauen, eine echte Dienstleistungskolonne.

Dschawad, „der Kahle", wollte Offizier werden, um einen Haufen gutgenährter Offizierssöhne vernaschen zu können. Er hat es nicht geschafft. Nicht tauglich, wie ich ein paar Jahre später erfuhr, wurde der Kahle Bademeister vom Hamam[6] im großen Bazar. So geht das.

Die älteren Schüler, die oft sitzengeblieben waren, besuchten jeden Donnerstag nach Schulschluß gemeinsam das Hurenviertel. Morteza, der nie so einen Termin verpaßte, war der älteste Sohn des Gewürzhändlers im großen Bazar und sprach im Bazari-Slang. Morteza war von der Klasse als Spezialist für Sexualfragen anerkannt und verehrt, Morteza hatte sich bereits x-mal den Tripper geholt, Tripper sei für ihn kein Problem, er wisse schon, wie man ihn in den Griff bekommt, Penicillin-Spritzen könne er sich leicht beschaffen, er habe seine Kontakte, und ein Medizinstudent, ein Freund von ihm, fast ein richtiger Doktor, spritze ihm das Zeug „intravenös", nach ein paar Tagen könne er wieder pinkeln, und sein Schwanz sei so gut wie neu.

---

[6] *Hamam, ein öffentliches Badehaus. Der Bademeister in einem Hamam wäscht und massiert die Badegäste.*

Morteza verkaufte in den Pausen ein paar gefragte Artikel an uns alle, Kondome zum Beispiel und billig gedruckte Pornoheftchen, Schwarzweiß-Photos, grobkörnig und unscharf, von fetten Frauen, die auf dem Rücken lagen und die Beine spreizten.

Mortezas Vater Hadschi[7] Aga-Reza saß jeden Tag auf einem Schemel vor seinem Geschäft im Gewürzbazar und trank Tee, ließ sich zu Mittag Kebab mit Safranreis von der nahen Taverne bringen, nach dem Essen, zwischen zwei und vier, hielt er seine Siesta wie alle Bazaris, nachmittags ging das Geschäft wieder los, bis zwanzig Uhr abends.

Mortezas Vater Hadschi Aga-Reza war sehr fromm und gottesfürchtig. Er verkaufte seine Gewürze nur an gläubige Moslems, Frauen, die sich unbedeckt – ohne Tschador – in sein Geschäft wagten, wies er wütend ab, er sei ein frommer

---

[7] *Hadschi ist ein Titel, den ein reicher Moslem führen darf, wenn er mindestens einmal in seinem Leben nach Mekka gepilgert ist.*

Mann und mache keine Geschäfte mit Huren, und spuckte den Frauen vor die Füße. Hadschi Aga-Rezas kleine Karriere fing mit Opium an, als Mohnanbau im Lande verboten war, belieferte er seine Kunden mit Opium aus der Türkei, anatolisches Afjun[8], acht Jahre lang, dann pilgerte er nach Mekka, wusch seine Weste und das Geld weiß, und kehrte als Hadschi zurück, ließ sich einen Bart wachsen und betete jeden Freitag in der Freitagsmoschee in der ersten Reihe und handelte mit Gewürzen aus Indien und Kirman, heiratete zwei Frauen und zeugte sieben Kinder, Morteza war der Älteste. Ein Platz im Paradies, dort wo Milch und Honig fließen, sei ihm sicher. Hadschi Aga-Reza spendete für die Moslem-Bruderschaft.

Miniröcke waren der Grund, warum Hadschi Aga-Reza die Moslem-Bruderschaft zu unterstützen begann. Miniröcke tauchten Mitte der Sechzigerjahre auf, Hadschi Aga-Reza erklärte es jedem, der es wissen wollte: „Dieser Minirock ist eine tödliche Waffe der Gottlosen." Er habe selbst mit seinen ei-

---

[8] *Afjun, Opium.*

genen Augen – in der Naderi-Straße – eine Moslemfrau im Minirock gesehen, so kurz, daß man ihre Schamhaare sehen konnte, er wollte – Gott sei sein Zeuge – nicht hinsehen, er könne ja nicht mit geschlossenen Augen herumlaufen, der gottesfürchtige Moslem könne es ja gar nicht vermeiden, auf Schritt und Tritt begegne man solchen schamlosen Huren, Gott ist groß, Gott ist geduldig, Brüder, aber Gott, der Allmächtige, wird Rache nehmen, die wahren Moslems sollten die Signale des nahenden Unheils nicht überhören, Imam Reza[9] sei ihm im Traum erschienen, am Vorabend des Opferfestes, der Imam habe Blut geweint und zu ihm gesprochen: „Hadschi, wach auf, der Prophet, sein Name sei geheiligt, dreht sich im Grabe um, angesichts der satanischen Sittenlosigkeit, wach auf, Hadschi Aga-Reza, wach auf!", er sei da schweißgebadet aufgewacht, habe ein Glas Wasser getrunken und vierzig Mal den Satan verflucht, dann

---

[9] *Imam Reza, einer der zwölf Imame der schiitischen Glaubensrichtung des Islam.*

sei ihm ein Licht aufgegangen, er müsse die Moslem-Bruderschaft unterstützen.

Drei Jahrzehnte später schrieb Robert Dreyfuss[10] in seinem Buch „The real story of Iran revolution": „Moslem-Brotherhood is a London creation." So geht das.

Das Razi-Gymnasium in der Farhang-Straße war ein französisch geführter Betrieb.

Der Subdirektor war ein Absolvent irgendeiner Pariser Universität, der Ostewani hieß, und wir hatten ihn mit „Monsieur Ostewani" anzureden.

Monsieur Ostewani lief mit hochrotem Kopf und Hängebacken und einer Zigarette im Mundwinkel à la Jean Gabin herum. Er war der Grund, warum ich aufhörte, Französisch zu lernen, Monsieur Ostewani war ein bedingungsloser Verehrer der

---

[10] *Robert Dreyfuss schreibt in seinem Buch „The real story of Iran revolution": „The British had concluded, that one of the chief reasons the roman oligarchy had survived for thousand years, was because it learned how to use cults and religions to control the people. 'Muslim Brotherhood' is a London creation".*

„Grande Nation". Ostewanis Französischstunden waren mir zutiefst verhaßt. Monsieur Ostewanis Zigarettenmarke war, wie konnte es anders sein, „Gauloises", die Zigarette hing ständig an seinen feuchten Lippen, er kniff dabei jeweils ein Auge zu, während er uns die schönste aller Sprachen der Welt beizubringen versuchte – Perlen vor die Säue werfen natürlich – die Asche fiel wie immer auf seine bunte Krawatte, links von mir saß – das weiß ich genau – der kleine Nichtsnutz aus dem Norden mit dem starken Raschdi-Akzent[11] , der selbstvergessen nasenbohrte, wenn Monsieur Ostewani ihn dabei ertappte, und das geschah oft, dann wies er den Nasenbohrer Mehdi Gilani aus der Klasse, einer, der nasenbohrt, verdient es nicht, Französisch zu lernen, wozu auch. Nach Mehdis Abgang wies Monsieur Ostewani auf seinen leeren Platz und erzählte uns, daß er achtzehn Jahre lang in Paris studiert und gelebt hatte. In diesen achtzehn Jahren habe er nirgendwo jemanden nasenbohren ge-

---

[11] *Rascht, eine Stadt am Kaspischen Meer. Raschdis sind deren Bewohner.*

sehen, nie, weder auf der Straße noch in der Metro, weder im Café noch im Kino, nie, jamais, impossible, aber hier in diesem Land begegne er auf Schritt und Tritt Nasenbohrern, nur die Affen im Pariser Tiergarten sind imstande, in aller Öffentlichkeit nasenzubohren. „Seid ihr denn ein Volk von Affen?" Das Bild vom nasenbohrenden Affen war so komisch, daß ich lachen mußte, Monsieur Ostewanis roter Kopf lief blau an und, sein Zeigefinger zielte auf mich, und er schrie: „Verlaß sofort die Klasse!"

Jeden Samstag vormittag um neun Uhr zeigte uns Monsieur Ostewani im kleinen Kinosaal der Schule französische Kultur- und Dokumentarfilme in sechzehn Millimeter. An jenem Samstag ging es um den Eiffelturm, drei Bergsteiger wollten den Eiffelturm in einer Seilschaft von außen besteigen – ein reiner PR-Film. Die Bergsteiger kletterten photogen bis nach oben an die Spitze, wo die Fahne der „Grande Nation" in der Pariser Luft flatterte. Unten auf dem Platz begafften eine Menge Pariser und Pariserinnen, alte, junge und Kinder mit bunten

Luftballons, die Seilschaft. Aus der Vogelperspektive zeigte die Kamera die gespannten Gesichter, dann geschah das Infame, wir sahen in Großaufnahme das Gesicht eines etwa zehn-elfjährigen Parisers, der wie alle anderen mit seinen hellbraunen Augen die Seilschaft verfolgte, so weit, so gut, er tat dabei, was ein Franzose nie, weder in der Metro, noch auf der Straße, weder im Café noch im Kino, jamais, impossible, tun würde, wir, ein Haufen Affen, applaudierten spontan, Monsieur Ostewani weigerte sich, in diesem Schuljahr weiter Kulturfilme vorzuführen.

Drei Jahrzehnte später, neunzehnhundertneunzig, stieg ich in der Früh um sechsuhrdreißig am Pariser Ostbahnhof „Gare de l'Est" aus. Es war kalt, Nieselregen, der Garçon vom Bahnhofsbistro brachte Milchkaffee und Croissants, was sonst, außer zwei Müllmännern, die an der Theke hingen, war sonst keiner da, der Garçon kassierte und zog sich hinter die Theke zurück und begann nasenzubohren.

Warum ich nach Paris gekommen war, ist eine andere Geschichte, ich blieb achtundvierzig Stunden, solange wie es nötig war, um Dinge zu erledigen, die mich hierher geführt hatten, Großstädte, auch wenn sie Paris heißen, sind nicht mein Fall, das nebenbei, ich ging durch die Straßen, fuhr mit der Metro, saß im Café und zahlte teures Geld für Dinge, die anderswo besser und billiger sind, und begegnete gezählten einundfünfzig Nasenbohrern. So geht das.

„Aus Dir wird nichts, das steht fest", das sagte mir mein Vater sinngemäß, mein Scheitern am Razi-Gymnasium, das sei zwar für ihn als Vater beschämend, aber nirgends stehe es geschrieben, daß alle seine Söhne unbedingt Studierte sein müßten, nein, wahrlich nicht, nirgends stehe es geschrieben, daß gerade er, Abraham, der stolze Vater von Ingenieuren und Doktoren sein sollte, nein, absolut nicht, das Land brauche auch Schuster, Zimmerleute, Handwerker, Straßenkehrer, „vielleicht solltest Du Schuster werden".

Aus mir ist kein Schuster geworden.

Zimmermann und Schuster sind ehrenwerte Berufe, der Zimmermann Josef war Jesu Vater, der Kernphysiker Teller Vater der A-Bombe. Reiner Zufall, die Burschen von der US-Air-Force tauften Tellers „Kind" „Little Boy", Little Boy radierte Hiroshima aus. „Vater, vergib ihnen, denn sie wissen nicht, was sie tun!" sagte Jesus auf dem Kreuz, und Teller ist ein ehrenwerter Mann. In einem Interview im „Spiegel" antwortete Teller, daß er sehr wohl wisse, was er tue. „Das Beste, was Du tun kannst, ist das Nichtstun", schrieb Juan Carlos de Soledad in seinem Essay „Tenemos que olvidar el trabajo"[12]. Juan Carlos de Soledads Verleger Jorge Hidalgo sprang aus dem sechsten Stock seines Hauses in der Avenida Amazonas. Das war das Ende des Aurora-Verlags in Quito, März neunzehnhundertneunzig.

Taghi Kutschulu – Taghi, „der Kleine" – war ein waschechter Gassenjunge. Seine Mutter, Köchin in

---

[12] *"Tenemos que olvidar el trabajo", „Wir müssen die Arbeit vergessen."*

einer Bazari-Familie, hatte nie Zeit für „Taghi, den Kleinen". Er verbrachte den ganzen Tag draußen, spät am Abend durfte Taghi ins Haus zurück.

Er war ein kleiner Straßenhändler, in seinem Bauchladen schleppte Taghi plattfüßig Waren aller Art durch die Gassen, Kaugummis Marke „Goldener Hahn", Sicherheitsnadeln, Plastikkämme, Zigaretten Marke „Homa" und „Oschnu". Seine besten Geschäfte machte Taghi mit handcolourierten Photos in Postkartenformat von Hollywoodstars, Cornel Wild als Robin Hood, Gary Cooper in „High Noon", Marlon Brando in „Lederjacke" aus „Die Wilden". Victor Mature aus „Samson und Dalilah" war eindeutig der Bestseller.

Victor Mature als Gladiator im „Forum Romanum" zerriß mit bloßen Händen das Maul eines mächtigen Löwen, und Jonny Weissmueller als „Tarzan", Hand in Hand mit dem Schimpansen „Jimmy", verkaufte sich nicht mehr so gut wie früher.

„Weißt Du, was die Schüler heutzutage haben wollen?" fragte mich Taghi, „der Kleine", der neue Trend machte ihm zu schaffen.

„Sie wollen James Dean, kennst Du den, wer ist er denn überhaupt, dieser James Dean, im Zweikampf gegen Victor Mature ginge er doch sofort k.o., ist doch wahr."

Taghi, „der Kleine", blieb trotzdem flexibel und stellte sich auf neue Marktbedürfnisse ein.

In der Nacht auf den einundzwanzigsten Juni neunzehnhundertvierundfünfzig verlor Taghi, „der Kleine", ein Auge, als er auf der Straße Bengalisches Feuer machen wollte. Nach zwei Wochen ging Taghi mit seinem Bauchladen plattfüßig durch die Gassen, er trug eine schwarze Augenklappe, die Gassenkinder tauften ihn von Taghi, „der Kleine", auf Taghi Kure – Taghi, „der Blinde" – um.

Abass, der Märchenerzähler, der Älteste unter den Gassenkindern, war ein Waisenkind, das ist alles, was ich über seine Abstammung weiß, er war Laufbursche im Hause „Azema", Dr. Azema

– praktischer Arzt –, Absolvent der amerikanischen Universität von Beirut/Libanon, damals noch die „Schweiz des Nahen Ostens" genannt.

In den Sommermonaten nach Sonnenuntergang versammelten sich die Gassenkinder unter der einzigen Straßenlaterne, die noch brannte, die anderen drei Laternen spendeten kein Licht mehr, die elektrischen Birnen waren zerbrochen. Alireza – der Meisterschütze – traf mit seiner Steinschleuder nie daneben. Die Laterne, unter der wir alle auf Abass, „den Märchenerzähler", warteten, unser Treffpunkt, war tabu. Abass war ein perfekter Märchenerzähler. Wir hockten um ihn herum, und Abass begann wie immer mit der Frage: „Wo waren wir stehen geblieben?"

Abass erzählte nächtelang in Fortsetzungen den Mythos von „Rostam und Sohrab" [13]. „Du hast gestern nacht gerade noch erzählt, wie Rostam dem weißen Diw mit der Axt den Kopf spaltet",

---

[13] *Rostam und Sohrab, unbesiegbare Sagenhelden aus Ferdossis Epos.*

meldete sich wie immer Mossen, der Jüngste von uns.

„Also, dann hört zu, wie es weitergeht."

Abass war ein Naturtalent, Rhythmus, Timing, Mimik, alles stimmte.

Nachdem Rostam den weißen Diw besiegt hatte, reinigte er sich im Fluß vom schwarzen Blut des Ungeheuers, das wie Teer an seinem Körper klebte, und ritt auf seinem Rachsch[14] weiter, Tag und Nacht ohne Essen und Trinken, durch die Wüste, seine Haare bedeckten ihm die Schultern, und sein Bart reichte ihm schon bis zum Knie, und Unkraut wuchs in seinem Stiefel, er tat kein Auge zu und ritt und ritt, auf der Suche nach seinem verlorenen Sohn Sohrab, bis Rostam das Turan-Land[15] erreichte.

Abass klatschte einmal laut mit den Händen und schwieg drei Sekunden.

---

[14] *Rachsch, Rostams Reitpferd, das im Notfall fliegen konnte.*
[15] *Turan-Land, das Land der Tartaren.*

Plötzlich, aus heiterem Himmel, erschien vor ihm ein Reiter in voller Montur, Rostam rieb seine ermüdeten Augen und blickte vor sich, wer bist du, Fremder, und was führt dich ins Land der Turanen.

Irgendwann um zweiundzwanzig Uhr herum holte uns Mossens Mutter von der Reise zurück, sie schrie durchs offene Fenster nach ihrem Sohn – Mossen, Du Teufelsbrut, komm sofort nach Hause, sonst kommt Dein Papa und schneidet Dir die Ohren ab –, Mossen ging, noch von der Reise benommen, nach Hause, der harte Kern blieb.

Mossens Vater war Chauffeur und Gärtner in der Botschaft der Volksrepublik Polen, er handelte nebenbei mit polnischem Wodka, Wyborowa und Bison, aus den Beständen der Volksrepublik, Mossens Vater versorgte Dr. Azemas Festabende preiswert mit harten Getränken.

Abass, „der Märchenerzähler", Mädchen für alles bei Dr. Azema, wusch jeden zweiten Tag den roten „Mercury" des Herrn Doktor und brachte jeden Tag seine Tochter Lili in die Schule und schrieb für sie die Hausaufgaben und die Aufsätze, die Aufsätze waren Lilis beste Leistung in der Schule. So ging das.

Lili war damals zwölf Jahre alt, Lili als Gesprächsstoff war für Gassenkinder tabu, und sie hielten sich daran: „Wenn mir zu Ohren kommen sollte, daß irgendeiner von Euch sich ihr gegenüber blöd benommen hat" – Abass betonte jedes Wort und zielte mit dem Zeigefinger auf jeden von uns – „dann sind wir Freunde gewesen", das hieß, keine Märchenstunden mehr, so beobachteten die Gassenkinder stumm, wie Lili kam und ging.

Alireza, „der Meisterschütze", sagte mir unter vier Augen, daß Lilis Busen jeden Tag größer würde, und ob mir das nicht aufgefallen sei, es war auffallend.

Alireza war zwölf Jahre alt, so alt wie ich damals, Alireza schwänzte die Schule regelmäßig ein, zwei Mal in der Woche, er ging auf die Jagd, schlich unter Platanen und Akazien herum, nahm die Steinschleuder, kniff das linke Auge zu und schoß, lautlos fielen die Spatzen herunter, er riß ihnen die Köpfe ab und versteckte die kleinen warmen Körper in der Schultasche, in seinen Hosentaschen schleppte Alireza genug abgerundete Kieselsteine, „Nur die runden Steine fliegen gerade, du kannst so gut zielen, wie du willst, du triffst nur, wenn du runde Steine hast, je runder, um so besser". Alireza hielt mir eine Glaskugel vor die Augen, „Am besten sind Glaskugeln", es war ein schwacher Trost, daß Alireza sich die Glaskugeln nicht leisten konnte, es fielen trotzdem genug Spatzen von den Bäumen herunter.

Alireza übte täglich an beweglichen Zielen, Straßenköter machten einen großen Bogen um ihn, sie waren fast alle gezeichnet von Alirezas Treffsicherheit, sie liefen davon, wenn sie ihn von weitem kommen sahen, das amüsierte den Meisterschützen sehr. Fensterscheiben, Autoscheinwerfer, Neonröhren, Fiakerlaternen, Reklameschilder, Blumenvasen zogen ihn an und gingen in Brüche.

Im Sommer neunzehnhunderteinundneunzig saß ich spät nachmittags im Café Landtmann und las die Zeitung, „Staatsstreich, Gorbatschow abgesetzt" und „Putsch in Moskau, Jelzin ruft das russische Volk zum Widerstand auf". Es war der neunzehnte August, mein Gehirn schälte nach fast dreißig Jahren das Gesicht von Alireza aus einem Haufen Schutt und Asche heraus, die Sonne schien, selten genug. Die Terrasse vom Café Landtmann war vollbesetzt mit Franzosen, Deutschen, Holländern, Italienern, Spaniern, Japanern und Amis, die Wiener Kaffee tranken, Sachertorte, Cremetorte, Apfelstrudel und Topfenstrudel vertilgten. Die Spatzen landeten unaufgefordert auf den Caféhaus-Tischen und pickten die Reste von den Tellern auf. Rosarote fette Damen streckten ihre Finger nach ihnen, kühne Spatzen fraßen sogar den Damen aus der Hand, die Photoapparate klickten, und Videokameras liefen, Tausende von rosaroten Damen mit dem Spatz in der Hand waren als bleibendes Bild auf „Eastman Color" und „Sony Video High Quality"- Bänder gebannt.

Ich sah den Meisterschützen Alireza, das linke Auge zugekniffen, unter den Platanen.

Die Spatzen im „Landtmann" hatten es gut, alles, was recht ist, kein Kind weit und breit mit einer Steinschleuder, hier waren die Tauben schlecht dran, die Tauben sind die Underdogs unter den Stadtfliegern. Die Magistratsabteilung „Nummer soundso" bekämpft die Taubenplage, sie scheißen alles zu, Kulturbauten und Denkmäler, sie scheißen Goethe ebenso auf den Kopf wie Schiller, Johann Strauß im Stadtpark, Mozart im Burggarten, Prinz Eugen am Heldenplatz hatte auch nichts zu lachen. Nicht einmal vor den goldenen Barockengeln der Pestsäule am Graben machten die scheißenden Tauben halt, ätzende Taubenscheiße in den Farben weiß, grau, grün lief allerorten den Kulturschaffenden die Köpfe hinunter. So geht das.

Magistrats-Abteilung soundso spannte feinmaschige Netze über die Kulturgüter, das geht natürlich nicht bei allen, man kann nicht die Denkmäler à la Verpackungskünstler Christo vor Taubenscheiße schützen, wie auch immer, die Tauben halten die Stellung, und die Taubenvergifter resignieren, es tröstet sie die Tatsache, daß Hunde nicht fliegen können.

Alirezas Mutter war nach seiner Geburt gestorben, sein Vater – der Metzger Usta Ahmad – hatte kein Glück mit den Frauen, sie liefen ihm davon, oder sie starben, Usta Ahmad, der Metzger, war über fünfzig und sah aus wie siebzig, als Alireza zehn Jahre alt wurde, heiratete Usta Ahmad zum fünften Mal, ein sechzehnjähriges Mädchen, das Achtar Chanum hieß. Alirezas Stiefmutter war um sechs Jahre älter. So ging das.

Der Metzger Usta Ahmad schlachtete jeden Tag im Morgengrauen, eigenhändig, ein Breitschwanzschaf vor seinem Geschäft, er schärfte das Schlachtmesser gewissenhaft, fesselte die Lämmer und schnitt ihre Kehle durch. Wespen und Fliegen umkreisten das Fleischergeschäft, Usta Ahmad zerteilte das Fleisch, wickelte es in Zeitungspapier und drückte es den Kunden in die Hand, Usta Ahmad war ein wortkarger Mann, mit dichtem, weißgelbem Schnurrbart, sein riesiger Adamsapfel lief auf und ab, wenn er im Tschaichane saß und Tee trank, zu Mittag machte Usta Ahmad den Laden dicht und ging nach Hause, um Siesta zu halten, die Gassenkinder fürchteten ihn, wie alle Kinder sich vor finsteren Schweigern fürchten, aber Usta Ahmad kümmerte sich um nichts und niemanden, auch nicht um Alireza, seinen einzigen Sohn, der am Leben geblieben war.

Wir beneideten Alireza um seine absolute Freiheit, er kam und ging, wann er wollte, schwänzte die Schule, keiner stellte Fragen, und seine junge Stiefmutter Achtar Chanum war für ihn alles andere als eine Respektsperson, zweimal im Jahr schrieb Alireza für sie Briefe an ihre Eltern, denn sie konnte nicht schreiben, Alireza schrieb, so gut er konnte, er konnte nicht gut, Abass, „der Märchenerzähler", entwarf für ihn ein Briefmuster, er brauchte nur die Namen einzusetzen, die gegrüßt sein sollten, als Gegenleistung versprach Alireza, die Katzen der Nachbarschaft nie wieder als Zielscheibe zu benutzen: „Die Katzen, die Du tötest, werden am Jüngsten Gericht, wenn Du an der Reihe bist, auf Dich zeigen, das ist Alireza, der Sohn des Metzgers Usta Ahmad, der uns umgebracht hat, und Du kommst in die Hölle, Du wirst brennen wie eine Fackel, bis Du zu Asche verbrannt bist, und dann wirst Du aus der Asche auferstehen und wieder verbrannt werden, bis in alle Ewigkeit", belehrte ihn Abass, „der Märchenerzähler". Ich weiß nicht, was aus dem Meisterschützen Alireza geworden ist.

„Fahrraddiebe"[16] von Vittorio de Sica wurde nach langem Hinundher von der Zensurbehörde freigegeben, um zwanzig Minuten gekürzt.

Der Vorhang ging auf, die kaiserliche Hymne, wie immer, das Bild Seiner Majestät in Luftwaffenuniform erschien auf der Leinwand, wie immer, die Zuschauer standen auf, wie immer, der Saalwächter leuchtete mit der Taschenlampe die Reihen durch auf der Suche nach den subversiven Elementen, die sitzengeblieben waren.

---

[16] *„Fahrraddiebe", „Ladri di biciclette", 1948, ein Film von Vittorio de Sica.*

Sitzenzubleiben statt die kaiserliche Hymne in voller Länge durchzustehen, konnte schwere Folgen haben. Der Frevler wurde hinausgeschleppt und im Foyer unter Ausschluß der Öffentlichkeit, als Vorgeschmack für das ihm Bevorstehende, verprügelt. So ging das.

Das war im Herbst neunzehnhundertvierundfünfzig, Ex-Premierminister Mossadeg stand noch unter Hausarrest, der König der Könige und die kaiserliche Familie hatten sich längst von dem Schrecken erholt, man fühlte sich wieder zuhause, Stalin, der große Sohn der Sowjetunion, war bereits ein Jahr tot, der schnauzbärtige Georgier starb im Bett, einbalsamiert lag er im gläsernen Sarg, Menschen in einer unendlichen Schlange marschierten an seinem Sarg vorbei. Die Überlebenden, es waren sicher auch Menschen dabei, die mit ihren eigenen Augen sehen wollten, daß er wirklich und endgültig tot ist, kein Doppelgänger, keine Auferstehung.

An Feiertagen spannten die Gassenkinder die Wäscheleinen zwischen Laternenpfahl und das gegenüberliegende Fenstergitter und spielten Handball. Vereinzelt fuhren Taxis, Fiaker, Lastwagen und Privatautos vorbei und unterbrachen unser Spiel, es wurde gedroht und geschimpft, das Spiel ging trotzdem weiter. Die Kutscher und Taxifahrer zogen rasch den kürzeren, vernünftig wie sie waren, ließen sie sich nicht mit zehn, elf wilden Gassenkindern ein, die bereit waren, ihr Revier zu verteidigen, und wenn die Protestierenden nicht freiwillig abzogen, dann mußten sie verbeulte Kotflügel und zerbrochene Windschutzscheiben in Kauf nehmen. Prügeleien waren keine Seltenheit, blutige Nasen und ausgeschlagene Zähne gehörten einfach zu Feiertags-Handballspielen.

Ich weiß nicht mehr auf den Tag genau, es war Sommer neunzehnhundertvierundfünfzig, als der Radio-Onkel durch unsere Gasse kam, unser Handballspiel war voll im Gange, er – der Radio-Onkel – blieb stehen und schaute eine Weile zu, keiner von uns kannte ihn von Angesicht, wie man so sagt, aber seine sonore Stimme war uns wohlbekannt. An den Wochenenden erzählte er im Radio Märchen für seine Kinder im Kinder- und Jugendprogramm. Anschließend hielt er für seine Kinder so etwas wie Sonntagspredigten, Gebote und Verbote, was einen braven Jungen ausmache, jeden Tag eine gute Tat, Zohbie hieß der alte Herr mit weißen Haaren und einem respektablen Schnauzbart, ebenfalls in Weiß, eine stattliche Erscheinung nennt man das, was er war.

Der Radio-Onkel nützte die kurze Spielpause aus und meldete sich: „Meine lieben Kinder", wir Gassenkinder erkannten sofort die Stimme des Radio-Onkels und starrten ihn, wie man so sagt, mit offenen Mündern an.

„Meine lieben Kinder, es liegt in der Natur des Kindes, daß es spielen will, das ist, wie jeder weiß, natürlich, auch ich habe gespielt, als ich so jung war, wie ihr jetzt seid, ich war sogar Kapitän der Fußballmannschaft in der Schule, und später, im Gymnasium, gewann ich den ersten Preis im Ringen, römisch-griechischer Stil. Wir waren ja als Nation immer die Größten im Ringen, seine Majestät – der König der Könige – hat persönlich und eigenhändig die goldene Medaille an meine Brust geheftet, das war der größte Augenblick meines Lebens."

Wir gafften nach wie vor den leibhaftigen Radio-Onkel an, die vertraute sonore Stimme lullte uns ein.

„Später vielleicht wird einer von Euch ein berühmter Athlet, wer weiß, wir werden alle stolz auf ihn sein, aber meine lieben Kinder, die Straße, wo Autos und Droschken und Melonenhändler mit ihren Maultieren vorbeikommen, ist kein geeigneter Spielplatz. Ich seh es ja immer wieder, zerbrochene Fensterscheiben, Unfälle, Schlägereien."

„Aga[17], sagen Sie uns, wo sollen wir denn sonst spielen?"

Diese nüchterne Frage stellte Abbas, der als Schiedsrichter immer dabei war, die Gassenkinder klappten die offenen Münder zu und kehrten in die Realität zurück.

---

[17] *Aga, Herr.*

Zohbie, der alte Fuchs, geriet ein wenig aus der Fassung: „Zu meiner Zeit gab es keine Sportplätze, aber heute gibt es doch zum Beispiel das Pahlavi-Stadion, und weiß Gott, jedes Jahr werden neue gebaut", der Alte redete Unsinn, damals gab es das Pahlavi-Stadion und sonst nichts, und dieses Pahlavi-Stadion war für Profis, Fußball und sonstige Feierlichkeiten, der Monarch ließ sich zu seinem Geburtstag dort feiern, mit vielen Fahnen und Chorälen – Lobeshymnen –, die besten Ringkämpfer rangen vor seiner Tribüne, und selbstverständlich sorgte ein riesiges Feuerwerk für „Ah und Oh" seiner Untertanen. So war das.

„Und außerdem ist das Spiel auf den Straßen ohnehin verboten", drohte der Radio-Onkel, er sei zwar auf Seite der Kinder und Armen, aber das gehe wohl zu weit, er werde, so leid es ihm auch tue, die Ajanis[18] bitten, diesen Unfug zu beenden. Das hieß, der Radio-Onkel holte ein paar verstaubte Polizisten. Das war's.

---

[18] *Ajan, Polizist, Wachtmeister.*

Für uns Gassenkinder war der Mythos „Zohbie, der Radio-Onkel" gestorben, er war nunmehr „der alte Kinderschänder".

„Zweihundert Millionen Tonnen an menschlicher Biomasse, als Freß- und Scheiß- und Fickmaschine, belasten die Erde, der phantasievollste Fictionschreiber, der in fernen Galaxien nach Ungeheuern sucht, sollte einen Blick in den Spiegel werfen", schlägt Juan Carlos de Soledad in seinem Essay „Anthropos" vor.

Jorge Hidalgo, der Verleger, erzählte mir – neunzehnhundertneunzig – Anfang Mai in Calderon, zwanzig Kilometer von Quito entfernt, von der seltsamen Gewohnheit des Juan Carlos de Soledad, stundenlang nackt vor dem Spiegel zu sitzen. Er – Jorge – habe ihn – Juan – irgendwann gefragt, was er denn da nackt vor dem Spiegel mache, „Nichts", habe Juan Carlos geantwortet, „rein gar nichts".

An diesem Abend verbrannte Jorge Hidalgo die dreihundertachtzig Seiten A 4-Blätter über Leben und Werk des Juan Carlos, dabei trank er einen von Sergio, seinem indianischen Freund, gebrannten Ron[19] pur, „Der verrückte Kerl aus Andalusien habe ihn doch nur ins Unglück gestürzt", er – Jorge selbst – sei von Juan Carlos und dem, was er geschrieben habe, fasziniert gewesen, als Verleger habe er blind gehandelt, „Asi es la vida", er habe es wissen müssen, Tele-Novelas, Fußball und Mierda.

„Me entiende usted?"

Er werde jetzt mit Juan Carlos Schluß machen, Jorge Hidalgo schleppte Kisten voll unverkaufter Exemplare von Juan Carlos' Schriften hinaus und verbrannte sie Stück für Stück in dem üppig grünen Garten, er verbrauchte viel Zeit, Ron und „Fahrenheit 451". Mir überließ er je ein Exemplar.

„Tele-Novelas y mierda."

„Hombre, toma usted."

---

[19] *Ron, Zuckerrohrschnaps, Rum.*

Die Augustsonne weichte den Straßenbelag auf, die Droschkenräder fraßen gerade Spuren in den Asphalt, Bazaris schliefen auf Holzpritschen vor den Geschäften, Lili, das Nachbarmädchen, hielt nicht viel von der Siesta, ich hörte von weitem ihre neue Single mit „I am just a lonely boy" und beobachtete gerade in unserem kleinen Garten, wie ein Haufen Ameisen eine tote Libelle zerstückelte. Vor ein paar Tagen spielte sie „A glass of wine", ihr Onkel versorgte sie mit brandneuen Platten aus Übersee, er studierte in den USA, Lili besaß Singles von Paul Anka, Elvis Presley, Pat Boone, Sal Mineo, Ricky Nelson, Dean Martin und selbstverständlich Frank Sinatra. Ihr Favorit blieb Paul Anka. Die Ameisen trugen die türkisfarbenen Flügel der Libelle davon, Paul Ankas Stimme verstummte, Lili legte eine neue Platte auf, „Küß mich, küß mich zum letzten Mal, Gott schütze Dich, denn ich gehe den Weg meines Schicksals, küß mich, küß mich zum letzten Mal", so ging das – wörtlich übersetzt – noch weiter, „Schönes Mädchen, ich werde dein Gast sein, heute Nacht, werde bei dir bleiben, drücke deine Lippen auf meine, küß mich, küß mich zum letzten Mal".

„Mara-be-buss"[20] hieß das Lied und lief wie ein Lauffeuer durch die Stadt, ein echter Gassenhauer, „Küß mich, küß mich", sang das Volk, der verantwortliche Schlagersänger hieß Wigen, er war wohl in dieser Zeit die bekannteste Persönlichkeit im Lande, nach seiner Majestät klarerweise.

Nach der Machtübernahme durch die Barbaren emigrierte Wigen – wie tausend andere – in die USA, Kalifornien, und singt heute den Emigranten die alten Lieder vor. Nostalgie des Mittelstands, der neunzehnhundertneunundsiebzig Selbstmord begangen hatte und sich nach guten alten Zeiten sehnte, „Küß mich, küß mich zum letzten Mal, denn ich gehe den Weg meines Schicksals." Die Barbaren machten Schluß mit Musik, ob „U" oder „E", nur die Muazin[21] schrien oben von den Minaretten herunter und riefen und riefen die

---

[20] *Mara-be-buss, „Küß mich!"*
[21] *Muazin, Gebetsrufer auf den Minaretten der Moscheen.*

Gläubigen auf, in die Moscheen zu stürmen, fünfmal am Tag, die Zeit der Muazin, Gott und Satan, Tod und Teufel, Krieg, Steinigung und Terror waren ausgebrochen, der Gottesstaat, wie der alte Turbanträger in Neuflé de Chateau[22] versprochen hatte.

Diese Zeit zu erleben, ist mir erspart geblieben, ich lebte bereits zwanzig Jahre lang in Mitteleuropa, genauer Kaukanien, genauer Insel der Seligen, dort, wo Mozart begraben ist, dort, wo „Heldenplatz" aufgeführt wurde, dort, wo vor nicht einmal fünfzig Jahren Menschen und Bücher verbrannten, dort, wo man an Barbaren und andere Kunden Präzisionsarbeit, sprich Waffen, verkauft, dort, wo man Stahlkugeln und Mozartkugeln haben kann, was ihr wollt.

Die Masse der Ahnungslosen, die nützlichen Idioten, die nach dem Messias schrien, wählten neunzehnhundertachtzig ihre eigenen Henker, wie so oft, auch mein Freund Ferydun, der in der kau-

---

[22] *Neuflè de Chateau, Pariser Vorort.*

kanischen Hauptstadt auf sein Einreisevisum in die USA wartete, hatte den „Messias" gewählt, ein gebildeter Mann, einer, der nie eifrig religiös war, einer für Leben und leben lassen, jaja, gab er zu, es war ein Fehler, wir wußten alle nicht, daß es so kommen würde, nur ein Fehler, er wartete hier auf sein Visum nach Übersee, er floh vor dem Gottesstaat nach Amerika, einer von dreikommafünf Millionen, die Geister, die ich rief, werde ich nicht los.

Juan Carlos de Soledad schrieb auf Seite hundertachtunddreißig seines Essays „Anthropos": „Die Menschheit lebt ohne Gedächtnis."

Im Café Prückel spielte der alte Pianospieler mit seinen Gichtfingern Evergreens, breiig, gallertig, ein alter Terzen-Furzer, er hörte ab und zu auf und verteilte Mentholbonbons an junge Frauen und Mädchen im Caféhaus und fragte sie, ob er zu laut sei, was er verdammt nochmal auch war, die beschenkten Mädchen und Frauen lächelten den alten Onkel an und sagten nein, der alte Terzen-Furzer tat dann, was hier im Lande als k.k. Charme verkauft wird, er nahm ihre Hände und küßte sie, ging zurück und furzte jede Menge Terzen, Evergreens wie gesagt, Musicals und Operetten, Land des Lächelns, lustige Witwen, Rosenkavaliere in einem kleinen Café in Hernals.

Er setzte sich gewöhnlich, wenn er ins Café Prückel ging, um Zeitungen zu lesen, weit weg vom Terzen-Furzer, so sei er nicht in der direkten Angriffszone, da er ohnehin schlecht höre – ein Handikap, das öfters nützlich sei –, er müsse, weiß Gott, nicht alles hören.

Der Mann am Piano spielte gerade „Ich hab' getanzt heut' Nacht".

Lili erschien eines Tages im Minirock auf der Straße. Abbas, unser Märchenerzähler, schleppte ihre Schultasche und ging verlegen hinter ihr her, in zwei, drei Meter Abstand.

Am Abend warteten die Gassenkinder wie sonst auf Abbas, er kam und war schlecht gelaunt, er habe wohl gemerkt, wie wir Lilis Beine mit unseren Augen fixiert hatten, er sei ja nicht blind, ihr seid dagestanden wie dumme Bauern aus Belutschistan[23] , in Paris, London, New York laufen die Frauen schon lange im Minirock herum, und keiner glotzt.

„Woher weißt Du das, warst Du vielleicht in Paris?" fragte Mossen, der jüngste unter uns. Abbas war sehr sauer: „Geh nach Hause zu Deiner Nane[24] , Du kleiner Hosenscheißer."

Abbas schloß Mossen von der Märchenstunde aus. So geht das.

Der Autobusfahrer hielt nach zirka neunzig Kilometer Fahrt vor einem Teehaus in Scharifabad an, die verstaubten Passagiere stiegen aus, die Julisonne trieb die Schweißtropfen auf die Stirn, eine halbe Stunde für Essen und Trinken gestattete der Fahrer und ging um den Bus und trat in die Reifen

---

[23] *Belutschistan, südliche Provinz des Iran, grenzt an Pakistan.*
[24] *Nane, Mutter.*

mit seinem abgelaufenen Schuh und pinkelte an den linken Hinterreifen.

Das Teehaus war ein handgeformter Lehmbau, der Riesenmaulbeerbaum vor dem Tschaichane[25] spendete kühlen Schatten, die Reisenden, Kleinhändler und Bauern mit verbeulten schwarzen Hosen, kragenlosen Hemden, tranken Tee und aßen Schafskäse mit Fladenbrot und Trauben und dankten ausgiebig Gott und seinem Propheten und den zwölf Imamen.

Damals war ich dreizehn Jahre alt und fuhr nach Mymundare, zweihundertfünfzig Kilometer von der Hauptstadt entfernt. Mymundare war ein kleines Dorf, ein paar Lehmhäuser, umgeben von nackten Hügeln, drei uralte Platanen standen einsam und prächtig mitten auf dem Dorfplatz. Am Rande des Dorfes besaß der reiche Kaufmann Masali aus der Hauptstadt den einzigen Ziegelsteinbau mit großzügig angelegtem Pappelwald, umgeben von zwei Meter hohen Lehmmauern. Das Haus war vor neugierigen Blicken geschützt, an

---

[25] *Tschaichane, Teehaus.*

Wochenenden standen vor dem Ziegelsteinbau mehrere Autos, Land-Rover, Jeeps und ein schwarzer Plymouth von Arbab Masali. An diesen Tagen konnte man von weitem die Musiker spielen hören, mit Santur[26] und Tompak[27].

Die Bauern kümmerten sich scheinbar nicht um die reichen Städter, die mit ihren wundersamen Autos auftauchten und bald wieder verschwanden. Der Dorfälteste Maschdi Karim war Verwalter des Arbab[28] und sorgte für das Wohlergehen des Kaufmanns Masali, der ein guter Freund des Arbabs war. Maschdi Karim organisierte die Jagdausflüge, Treiber, Pferde, Maultiere und erledigte die Einkäufe für Masalis Gäste, von den Bauern im Dorf kaufte Maschdi Karim Hühner, Walnüsse, Rosinen und was sonst noch in so einem kleinen Dorf zu haben war, am Arsch der Welt, und ließ ein Lamm schlachten.

---

[26] *Santur, klassisches Saiteninstrument, das mit zwei Schlagstäbchen gespielt wird.*
[27] *Tompak, mit Tierhaut bespannte Trommel.*
[28] *Arbab, Großgrundbesitzer.*

Außer der Sängerin waren die Gäste Männer, reine Altherrengesellschaft, Männer um fünfzig, sechzig, Maschdi Karim, der Verwalter, war auch für Mangal[29] und Wafur zuständig, eine delikate Aufgabe, die Fingerspitzengefühl voraussetzt. Maschdi Karim selbst, ein Taryaki[30], war der richtige Mann dafür, Maschdi Karims Freunde, zwei Gendarmen aus Zandjan – der nächsten Kleinstadt – versorgten ihn mit Opium reinster Qualität aus Ghorassan, das sie den Gatschagtschis[31] abgenommen und sichergestellt hatten.

Der Großkaufmann Masali und seine Gäste waren bereits im Dorf, als ich sechs Kilometer weit von Mymundare ausstieg, ich lief mit meinem Rucksack los, sechs, sieben Kilometer lang war der staubige Weg, nach einer Stunde war die grüne Oase des Pappelwaldes sichtbar, und der Wind brachte mir den Geruch des Opiums entgegen,

---

[29] *Mangal, runder Blechbehälter für Holzkohlenfeuer.*
[30] *Taryaki, süchtiger Opiumraucher.*
[31] *Gatschagtschis, Schmuggler.*

und ich hörte die Sängerin: „He, Du, mit den kleinen Händchen und Füßchen, Deine Brüste in meinen Händen, he, Du, mit den kleinen Händchen und Füßchen, Du bringst mich vor Sehnsucht um, weil ich so verrückt nach Dir bin ... ."

Maschdi Karim tauchte auf seinem braunen Maultier auf, im Schlepptau einen schwer beladenen Esel: „Gott sei mit Dir, Arbab, wo kommst Du her, wieso weiß ich nichts davon, ich hätte Dich abholen können, aber mir sagt doch keiner was."

Maschdi Karim verschwand durchs offene Gatter und rief mir nach: „Saba [32], Arbab, saba."

Ich lag auf dem Feldbett und wartete auf die nächste Sternschnuppe.

Was machen die alten Männer hinter den Lehmmauern in Masalis Garten?

Neunzehnhundertzweiundachtzig dachte ich an diese Nacht zurück, als ich im Schlafsack die Nacht in der Wüste verbracht hatte, die „Spanische Sahara", so hieß die Wüste, die die Marokkaner

---

[32] *Saba, „Morgen" in der Azeri-Sprache (Aserbaidschan).*

nach Abzug der Spanier besetzt hatten, die Ureinwohner, die Saharauis, bekämpften sie.

Herausgeber, Chefredakteur und Leitartikelschreiber der kaukanischen Zeitschrift „Extrablatt", der gerne dort war, wo es brannte, plante Superbilder für die Aprilnummer, wir, das heißt drei Polisariokämpfer und ich, übernachteten im Kampfgebiet, sie lagen in ihre Decken gehüllt auf Treibsand und unterhielten sich leise, über uns der Wüstennachthimmel, ich wartete auf die nächste Sternschnuppe. Der Chefredakteur wollte Bilder, die unter die Haut gehen, er wollte schlicht Blut sehen, zerfetzte Menschen im Sand.

Bilder von zerstörten Häusern, leere Cola-Flaschen im Treibsand, verbrannte Panzer „Made in Kaukanien", von Marokkanern gekauft und von der Polisario in Brand geschossen, waren die Bilder, die ich mitnahm.

Soliman, der zwei Meter weit von mir Wache hielt, hatte vor sechs Tagen seinen Bruder verloren, einen Schahid[33], ich dachte an Bilder von Vietnam, jeder hat sie gekannt.

Es war frühmorgens, als die Schlange auf das Spatzennest zukroch, ich konnte sie nicht von ihrer Beute ablenken, warf mit dem Brotmesser nach ihr und verfehlte sie, ich rief nach Maschdi Karim, der im Nebenzimmer seinen Opiumrausch ausschlief, als er verschlafen und schlecht gelaunt erschien, war die Schlange mit einem Spatzenjungen im Maul zwischen den Holzbalken der Decke verschwunden. „Allahs Wille!" sagte Maschdi Karim und ging.

Afssane, Maschdi Karims Haushälterin, brachte den Samowar herein, Afssane hatte man mit fünfzehn verheiratet, mit siebzehn war sie geschieden, ihr Mann verstieß sie nach zwei Jahren, sie war eine taube Nuß, sie wurde nicht schwanger.

Sie trug ein kragenloses Kosakenhemd in verwaschenem Blau, das ihr bis zu den Knien reichte.

---

[33] Schahid, Märtyrer.

Maschdi Karim hatte sich ihrer – wie man so sagt – angenommen, sie war sein Mädchen für alles.

Afssane kniete auf dem Kelim, beugte sich nach vorne, um mir das Fladenbrot zu reichen, durch den Hemdschlitz konnte ich ihre Brüste sehen. Maschdi Karim erschien zum Frühstück, nach wie vor schlecht gelaunt, und vertrieb Afssane aus dem Zimmer, kniete auf dem Kelim, frühstückte wortlos und schlief ein. „Was machten die alten Kaufleute hinter den Lehmmauern in Masalis Garten?"

Die Musik, die Stimme der Sängerin und der umwerfende Duft des Opiums zogen mich an. Maschdi Karim hatte auf meine Frage, was dort in Masalis Garten los sei, mir meinen Kopf getätschelt, das wäre nichts für mich, später, wenn ich ein paar Jahre älter bin und wenn es Allahs Wille ist, dann ...

Diese Antwort löschte meine Neugier nicht aus, im Gegenteil.

Mussa, der Sohn des Mullah Abbas, der so alt war wie ich, fuhr frisch gemähtes Gras in Maschdi Karims Hof, er – Mussa – wisse, was in Masalis

Garten vor sich ginge, er habe es mit eigenen Augen gesehen. Mussa erklärte sich bereit – falls ich dichthalte und kein Wort davon verrate – mich mitzunehmen.

„Wir steigen einfach auf den Nußbaum, der dicht an der Mauer steht, von dort oben können wir alles sehen." Die richtige Zeit nach Mussas Erfahrung wäre nach Sonnenuntergang.

Oben auf dem Baum konnte unseren Augen nichts entgehen, der Kaufmann Masali und seine Gäste saßen auf Kelims um das Goldfischbassin, das mit türkisfarbenen Kacheln verkleidet war. Ein schmales Bächlein floß durch das Bassin und tränkte die Rosen und die Türkischen Nelken, Jasminsträucher und Granatapfelbäume, ein Dutzend Goldfische schwammen im Bassin, das nur knietief war, ungestört vom Gelächter der Herren.

Die Sängerin sang dieses Lied, das ich schon oft gehört hatte: „He, Du, mit den kleinen Händchen und Füßchen", Maschdi Karim lief um das Bassin herum und bediente Masalis Gäste mit frischem

Tee und reichte den Wafur von einem zum anderen, brachte Honig und Wassermelonen.

Die Kaufleute saßen im Buddha-Sitz, tranken, rauchten und plauderten und brachen im Chor in Gelächter aus, das ab und zu von heftigen Hustenanfällen begleitet war. Unvermittelt hörten die Musiker auf, und die Sängerin verließ die Gesellschaft. Ich fragte Mussa, der neben mir rittlings auf einem Ast saß: „Wo geht sie hin, macht sie schon Schluß?" Mussa flüsterte mir zu: „Sie kommt wieder, keine Sorge, dann geht es erst richtig los!"

„Was?" wollte ich wissen.

„Warte nur ab, Du wirst schon sehen!"

Sie kam zurück, in den schwarzen Tschador gehüllt, die Musiker fingen mit der Tanzmusik „Baba Karam" an, und sie tanzte und ließ dabei ihren Tschador fallen. Ich wäre fast vom Nußbaum heruntergefallen, sie war splitternackt, sie tanzte dicht an den alten Herren vorbei und tätschelte ihre Glatzen und entwich verspielt den Händen, die nach ihr haschten.

Aufgeregt drehte sich Mussa zu mir um: „Paß auf, jetzt geht's los!"

„Was denn?"

„Du wirst schon sehen."

Maschdi Karim reichte ihr eine Zigarette, die sie zwischen ihre Beine führte.

„Siehst Du das, siehst Du das?" wollte Mussa wissen.

Sie tanzte mit der Zigarette, die unter ihrem glattrasierten Venushügel herausragte, dicht an den alten Herren vorbei, die mit den Lippen danach schnappten, es gehörte zu den strengen Regeln des Rituals, daß sie sich dabei nicht von ihrem Platz bewegen und die Hände nicht benützen durften, es war nicht einfach.

Auf dem Weg zurück behauptete Mussa, er würde schon beim ersten Versuch die Zigarette schnappen. Ich bin Mussa später im Leben nie mehr begegnet, mir blieben der glattrasierte Venushügel der Sängerin und die nach der Zigarette schnappenden Fischmäuler in Erinnerung.

Die viermotorige Propellermaschine der KLM brachte mich am achtzehnten September neunzehnhundertneunundfünfzig in die Hauptstadt der Kaukanier.

„Vergiß nicht, Du trägst eine große Verantwortung!" sagte mein Vater. Er wisse nicht, ob ich der Sache gewachsen sei und ob ich – so jung an Jahren und unerfahren – den rechten Weg gehen werde, so bleibe ihm nichts anderes, als zu hoffen.

„Vielleicht geschieht ein Wunder!"

Mit der Aufnahmegenehmigung für das Studium der Medizin in der Tasche, unwillig, aber pflichtbewußt, fing ich an, Medizin zu studieren.

Eiskalte kaukanische Wintermonate zogen sich dahin.

Tante Olgas Frühstückspension in der Billroth-Straße war ein zweistöckiges Biedermeier-Haus. Tante Olgas Pension fiel neunzehnhundertvierundsiebzig einem modernen Einkaufszentrum zum Opfer.

Tante Olga war eine sparsame Frau, so froren die Gäste in der Nacht, die ersten Wochen nach meiner Ankunft stopfte ich mir Zeitungspapier unter meinen Pyjama, ein Trick, den mir Schapur – ein Technikstudent im dritten Semester – beibrachte, so ging das, nur der Aufenthaltsraum war ein paar Grad plus beheizt. Tante Olga war eine kleine, dicke Brünette und trotzdem flink, ihr Mann war in Stalingrad gefallen, Schapur, der ständige Gast, war mit ihrer Tochter Margit verlobt und genoß Hausherrenrechte. Ich begann in der „Hammer-Purgstall-Gesellschaft", im Palais Caprara-Geymuller, Kaukanisch zu lernen. Der pausbäckige Hans Mayer, mit O-Beinen und preußischen Manieren, ein Afrikaveteran – wie er sich selbst nannte – war mein Vormittagslehrer. An Nachmittagen lehrte uns der Literaturlehrer Werner Scholz Kaukanisch, Scholz war über vierzig und Junggeselle, der seinen Dackel überall hin mitnahm, in Kaukanien lernte ich die Hunde erst richtig kennen.

„Hunde sind die heiligen Kühe der Kaukanier", sagte Michael, der mit mir Kaukanisch studierte, „brav und treu und verfettet wie die meisten

Kaukanier, die hinter ihren Hunden herlaufen, in seltsamer Harmonie", die Hunde in Kaukanien könnten einem wie Juan Carlos de Soledad das Geheimnis des „Homo caucanicus" verraten, nur Juan Carlos de Soledad hat Spanien und Europa über Paris verlassen.

Juan Carlos vermied diesen Teil der Welt. In seinem Essay über Kafkas „Verwandlung" schrieb er, er habe Angst, durch jene Städte und Landschaften zu reisen, wo seine Alpträume Wirklichkeit geworden sind. Er – Juan Carlos – verstehe es nicht, wie man Kafka „Literat des Absurden" nennen kann, Kafka habe wie kein anderer präzise und glasklar die Wirklichkeit dokumentiert.

Hans Mayer, der Kaukanisch-Lehrer, war hauptberuflich STAPO-Beamter in der Bäckerstraße, die Sprachschüler hatten ihm den Beinamen „Zack-Zack" verpaßt, denn er verlangte, daß die Schüler seine Fragen „zack-zack" beantworten sollten.

Zu Mittag stopfte ich mir den Magen in der „WÖK" – Wiener Öffentliche Küche – mit dem

„Einser-Menü zu sieben Schilling" preiswert und geschmacklos voll.

Schapur, der Defacto-Hausherr in Tante Olgas Pension, riet mir, öfter ins Kino zu gehen. „So kannst Du am besten Kaukanisch lernen, die Filme sind synchronisiert, also, wenn Du Dir Filme, die Du kennst, in kaukanischer Fassung nochmals anschaust, lernst Du jede Menge, weil Du ja die Story schon kennst."

Ich fing also an, jeden Film, den ich aus dem Kaiserreich kannte, zu besuchen, da wie dort, in Kaukanien wie im Kaiserreich, liefen ohnehin die selben Hollywood-Produkte. Es waren düstere Vorstadtkinos, aber es gab auch gemütliche Kinos im Stadtzentrum, doch alle Kinos rochen gleich, nach „Tiroler Waldluft"- Fichtennadelspray, damit wurde nach jeder Vorstellung vom Kartenabreißer der Kinosaal ausgiebig ausgesprüht.

„Tiroler Waldluft", vermischt mit Körperdunst und dem Mottenkugelgeruch der Winterkleidung, hat mich in den Siebzigerjahren in jeden Kinosaal begleitet.

Im „Auge Gottes-Kino" hörte ich Gary Cooper in „High Noon" Kaukanisch sprechen, Marlon Brando schrie sogar als „Kowalski" in dieser Sprache, „Stella" in „Endstation Sehnsucht", Kirk Douglas rief Richard Widmark zu „Hände hoch" in „Der letzte Zug nach Gunhill", mit der Zeit gewöhnt man sich an alles, auch an einen kaukanisch sprechenden James Dean in „Jenseits von Eden".

Mit dem Medizinstudium ging es bergab. Ich war nicht bei der Sache und blieb den Vorlesungen fern, wider aller Vernunft, nach ein paar Monaten zog ich von Tante Olgas Frühstückspension in ein Untermietzimmer um, die Wirtin hieß Frau Eulenhaupt, sie war eine „Zeugin Jehovas" und führte Selbstgespräche, Frau Eulenhaupt wollte mir den überlangen und schäbigen Mantel ihres Mannes verkaufen, der von der Afrikafront nicht zurückgekehrt war.

Ich zog nach zwei Monaten um, in die Ballgasse Nummer vier, es war ein kleines, düsteres

Zimmer mit einem Fenster in den Hof, ein quadratischer Schacht, wenn ich den Kopf aus dem Fenster streckte, konnte ich den grauen Winterhimmel sehen, die Wirtin war Postbeamtin und Witwe, sie hatte einen fünfzigjährigen, wortkargen Alkoholiker zum Freund, der von Beruf „Kieberer" war, so nennt der Kaukanier die Kriminalbeamten, an ihren Namen erinnere ich mich nicht mehr, ich durfte in ihren Büchern stöbern, die auf zwei schmalen Brettern an der Wand Platz hatten, „Vom Winde verweht" von Margaret Mitchell, „Onkel Toms Hütte", „Strudelhofstiege" von Doderer, Wilhelm Buschs „Max und Moritz" waren darunter.

Jeden Sonntag kochte sie für ihren Kieberer, der sie an Wochenenden besuchen kam, Wienerschnitzel mit Erdäpfelsalat, ich hatte die Erlaubnis, in ihrer Küche gelegentlich Tee zuzubereiten.

Dorthin, wohin sogar Könige zu Fuß gehen müssen, und dort, wo sie Probleme haben und ihre Ruhe haben wollen, hing Zeitungspapier an der Wand, gewöhnlich auflagenstarke Tageszeitungen, „Kurier" und „Expreß" hießen damals die Blätter, die auf ihre verdiente Bestimmung warteten, denn Toilettenpapier konnten sich der untere Mittelstand und die Proletarier noch nicht leisten. Irgendwann verführte mich der Luxusteufel, und ich kaufte mir samtweiches Toilettenpapier.

„Wenn Sie sich das leisten können, dann können Sie auch mehr Miete zahlen!" verlangte die Witwe. Das leuchtete mir absolut nicht ein, und ich suchte mir eine neue Bleibe und landete bei Frau Hager.

Die Ferdinandgasse lag jenseits des Kanals, die vierte Adresse innerhalb von zwei Jahren. Sie besaß einen winzigen Hund, einen Schoßhund, der ununterbrochen zitterte, obwohl er von Frau Hager selbst gestrickte, weinrote Pullover trug, an Regentagen und wenn es schneite, zog sie ihm Hundeschuhe an.

Frau Hager war, wie gesagt, sehr rund, hatte schütteres gelbes Haar und drei Perücken, die sie jeden Tag andächtig kämmte.

„Ich bin eine lustige Frauensperson!" sagte sie, wenn sie kaukanischen Weißwein trank – und das tat sie oft – und wackelte mit ihrem mächtigen Arsch.

Sie zeigte mir Photos aus ihrer Jugend – Dreißigerjahre –, in geblümten Sommerkleidern, ein süßes Mädel, wie die Kaukanier sagen würden.

„Die Männer waren verrückt nach mir, ich war kein Kind von Traurigkeit!"

Sie habe ihren Beichtvater zur Verzweiflung gebracht, weil sie jedesmal eine Menge zu beichten gehabt habe.

„Aber Marianne", habe Hochwürden gesagt, „Du mußt endlich in den heiligen Stand der Ehe, was zuviel ist, ist zu viel", habe Hochwürden zu ihr gesagt, er habe ihr aber die Absolution nie verweigert, einer von ihren Verehrern sei sogar ein ganz schön reicher Textilfabrikant gewesen, Import-Export, leider war er verheiratet, ein Kavalier von Kopf bis Fuß, er habe sie großzügig beschenkt, ein echter Breitschwanz-Persianer, eine Zuchtperlenkette, die sie noch immer trage – dabei müsse sie immer an ihn denken – und auf Geschäftsreisen habe er sie mitgenommen, Budapest, Prag, Triest, Venedig, Berlin, einmal sogar nach Paris, ob ich dieses Lied von Josef Schmied kenne: „Es wird im Leben Dir mehr genommen als gegeben, ja das ist so im Leben eben, das merke dir ...".

„Engelchen", habe er gesagt, das sei in Venedig im Hotel „Grünwald" gewesen, ob ich Venedig gesehen habe, ob ich wisse, daß das Hotel Grünwald das teuerste Haus in Venedig sei, „Engelchen", habe er gesagt, „wenn Du willst, Engelchen, laß ich mich scheiden".

„Nein Walter, tu es nicht!" habe sie geantwortet, das sei ihr nicht recht gewesen.

Frau Hager zeigte mir jeden Sonntag nachmittag die Photos von vorgestern und erzählte mir die selben Geschichten, das ist sicher der Grund, warum ich mich an das alles erinnern kann.

Kurz danach sei der Textilkaufmann pleite gegangen, man habe sein Hab und Gut versteigert, über Nacht sei er ohne Dach über dem Kopf dagestanden – mit Frau und Kindern –, ja, Kinder habe er drei gehabt, zwei Söhne und die Tochter, er sei ein gebrochener Mann gewesen, keine Spur mehr vom Witz und Charme von früher, sie habe mitgelitten, aber das Leben gehe weiter, vielleicht sei es ein Wink des Schicksals gewesen, damals in Venedig, die Vorsehung habe es gut mir ihr gemeint, im großen und ganzen dürfe sie sich nicht beklagen.

Frau Hager als Wirtin wäre erträglich gewesen, wenn sie nicht versucht hätte, jeden Monat die Miete zu erhöhen, sie tue es ungern, aber alles werde teurer, Milch, Brot und Straßenbahn, einfach alles, Licht und Gas sowieso.

Ich war nicht bereit, die progressive Miete zu akzeptieren, es blieb mir nichts anderes über als weiterzuziehen.

Reza, der mit mir Medizin studierte, half mir, auf der Taborstraße, Ecke Schmelzgasse – in einer Zinskaserne, wie die Kaukanier Substandard-Häuser bezeichnen, ein sogenanntes „Privatzimmer" zu finden. Reza wohnte im selben Haus, im selben Stockwerk, Tür an Tür, in der gängigen Realitätenbürosprache war das ein gangseparietes, möbliertes Zimmer mit fließendem Wasser in ruhiger Lage. Rezas Privatzimmer war wie meines, triste, schäbig und kalt, die Fensterscheiben zerbrochen, vor dem Fenster auf dem Sims saßen ein paar Tauben, der Parkettboden löste sich auf, in einer Ecke stand ein großer gußeiserner Kohlenofen, der wie ein Requisit aus Vittorio de Sicas Film „Das Wunder von Mailand" aussah.

Reza stammte aus wohlhabenden Verhältnissen, er war ein langsamer Zeitgenosse mit zwei linken Händen, und seine Mama war weit weg, auch das Hausmädchen, das ihn vorne und hinten bedient hatte. Allein kam er nicht zurecht, seine Socken lagen überall herum, Schmutzwäsche quoll aus dem riesigen Kleiderschrank, so entschied er sich für den Lebensstil eines Bohemiens, er zog nur mehr schwarze Rollkragenpullover, graue Kordsamthosen an und lief mit einer Baskenmütze auf dem Kopf herum, nannte sich einen Existentialisten, spielte Edith Piaf und Juliette Greco und las Albert Camus und borgte mir „Die Pest".

Ich weiß nicht, wie oft Reza mir das Ende von einem „Belmondo-Film" vorspielte, dabei lief er jedesmal durchs Zimmer, getroffen von einem Pistolenschuß, stürzte auf den Parkettboden, drehte sich um und blickte zur Decke und sagte „Merde", bevor er starb, genau so sei es gewesen, Belmondo habe, bevor er gestorben sei, „Merde" gesagt, und er habe dabei noch den Zigarettenstummel im linken Mundwinkel gehabt. Reza rauchte, wie Belmondo in diesem Film, Gitanes.

In Rezas Privatzimmer brannte immer Licht, der Lichthof spendete wenig Licht, die Tür war selten geschlossen.

Nach Erzählungen des Hausmeisters „Otto" war das Haus vor dem zweiten Weltvernichtungsversuch ein Stundenhotel gewesen. Herr Otto meinte, das Haus habe schon bessere Tage erlebt, es sei gut besucht gewesen, und die Damen, die hier logierten, seien sehr großzügig gewesen, aber auch die Herren ließen sich nicht lumpen.

„Die Zeiten sind vorbei", sagte Otto.

Vom Krieg will er gar nicht reden, der ist voll in die Hosen gegangen, und heute wohnt doch kein anständiger Mensch mehr in diesem Haus, außer Hungerkünstlern und alten Huren.

Die dunklen, langen und verwinkelten Gänge des Hauses rochen nach Urin und Kohlsuppe, hier könnten die sonnigsten Gemüter aus dem Fenster springen, einmal in der Woche kehrte Herr Otto mit dem Besen die Gänge des Hauses und verteilte den Dreck gerecht auf alle Stockwerke und beschimpfte – für jeden hörbar – die Drecksäue, die ihm unnötige Arbeit machten.

Otto Navratil, so hieß mit vollem Namen der Hausmeister, der seinen Fiat 500, der unten im Lichthof stand, jeden Sonntag vormittag gewissenhaft wusch, während er durch das offene Fenster seine Lieblingslieder genoß, die ein altes Eumig-Magnetophon abspielte.

„Anneliese, ach Anneliese, warum bist du böse auf mich, Anneliese, ach Anneliese, Du weißt doch, ich liebe nur dich." So ging das.

Reza geriet im Frühling neunzehnhundertdreiundsechzig in das Räderwerk der kaiserlichen Horcher. Einige Studenten, die für den Geheimdienst seiner Majestät als „Hilfshorcher" in Studentenkreisen mitmischten, weckten die schlafenden Hunde in der Botschaft seiner Majestät mit der Nachricht, in Rezas Wohnung fänden jeden Sonntag konspirative Treffen statt.

Diese Spitzel waren in der Regel Stipendienempfänger der „Pahlavi-Foundation" und machten jede Mücke zu einem Elefanten. Eifrige Dilettanten.

Rezas „konspirative Runde" bestand aus drei bis vier seiner Freunde, die sich sonntags bei ihm trafen, Tee tranken, Schach spielten und ein paar harmlose Witze über den Kaiser und sein Reich zum besten gaben, es war alles andere als ein Treffpunkt der „Verirrten" – wie im Jargon der Horcher „Die republikanischen Studenten" hießen – und Reza sei der Kopf dieser „Zelle" und unterziehe die braven, naiven Studenten einer Gehirnwäsche. Es kam, wie es kommen mußte, die

Horcher glaubten an ihre eigene Geschichte, der Geheimdienst seiner Majestät, der freundschaftliche Verbindungen zur kaukanischen STAPO pflegte und zu gegebenem Anlaß die kooperativen Beamten mit handgeknüpften seidenen „Nain"[34] belohnte, beschloß, die „Zelle" auszuschalten.

Der Kopf, mein Freund Reza, der Existentialist, bekam im Morgengrauen Besuch, die STAPO stellte ihm eine Frist von achtundvierzig Stunden, um das Land zu verlassen, er wurde des Landes verwiesen, wie es im Amtskaukanisch hieß.

Reza setzte seine Baskenmütze auf, nahm seinen Koffer unter den wachsamen Augen der STAPO und verließ Kaukanien am Südbahnhof mit dem „Romulus". So ging das.

Sommer neunzehnhundertsechsundsechzig traf ich ihn zuletzt in Rom, er studierte Journalistik und war verliebt in eine Römerin, und er wollte kein Wort mehr von kaukanischen Zeiten hören.

---

[34] *Nain, Stadt im Iran, die für ihre Seidenteppiche berühmt ist.*

Wir saßen in einem Café in der „Via Veneto", die Sonne schien.

Jeder sei seines eigenen Schicksals Schmied, heißt es im Volksmund.

„Der Volksmund hat Mundgeruch", schrieb Juan Carlos de Soledad in seinem Essay „Detras del spejo".[35]

Mehr als fünfzehn Jahre nach der „Apollo"-Landung auf dem Mond stieg ein Volk auf die Dächer der Hauptstadt an den Südhängen des „Albruz"-Gebirges und entdeckte auf dem Vollmond die Gesichtszüge des Messias, das war neunzehnhundertneunundsiebzig.

Das Volk schrie „Allaho akbar" – Gott ist allmächtig.

Allmächtiger Gott – dies war ein Paradebeispiel für kollektive Halluzinationen.

Der senile Messias, der älteste Rattenfänger der Geschichte, starb im Juni neunzehnhundertachtundachtzig eines natürlichen Todes. So geht das.

---

[35] *Detras del spejo, „Jenseits des Spiegels".*

Die neuen Horcher, die nahtlos die alten Strukturen des kaiserlichen Geheimdienstes übernommen hatten, nisteten sich im selben Botschaftsgebäude ein, die Ex-Botschaft seiner Majestät war ein Palais, auf dem neuen Messingschild vor der Tür war „Botschaft der islamischen Republik" zu lesen, drinnen lief ein Haufen bärtiger „Tschagukesch"[36] herum, die neuen Mitglieder des diplomatischen Korps.

Das Bild des bärtigen Messias hing überall, der König der Könige war da bescheidener gewesen.

Des Messias' Killer massakrierten die Kurden im Nordwesten des Landes, während hier in Kaukanien die „schönsten" Waffengeschäfte liefen.

„Wenn wir unsere anständig geschmiedeten Waffen nicht verkaufen, egal an wen, egal wohin", klärte mich Heinz Hinterberger auf, „dann kaufen die doch wo anders, und wem wäre damit gedient?" fragte mich Heinz Hinterberger, ein Kaukanier mit viel Erfahrung als Kontaktmann.

---

[36] *Tschagukesch, Killer, Messerstecher.*

In der Tat waren die Kaukanier nicht die einzigen, die ein bißchen Tod exportierten, in eine Welt, die ohnehin sterben wollte, in beiden Golfkriegen lieferten mehr als dreiundvierzig Länder Waffen aller Art, Osten wie Westen – sollen sie sich doch gegenseitig die Schädel einschlagen – „Non olet".

„Tut es Dir vielleicht leid um den Idioten?"

Heinz Hinterberger war ein Kleinformat-Zyniker, ein Gummimann, der seinen „Machiavelli" gelesen hatte, der den Mächtigen in den Arsch kroch und die Ohnmächtigen verachtete, wie es sich für einen langjährigen Ministersekretär gehört, der er vor ein paar Jahren war, der pragmatisch die nötige Drecksarbeit erledigte. Ein Bindeglied zwischen Schreibtisch und Schlachtfeld.

Er war im großen und ganzen ein armes Schwein. Bluthochdruck, Verstopfung, Hämorrhoiden plagten ihn, dick, gefräßig, stressig, spann Hinterberger seine Fäden, die nicht mehr hafteten. Er war für die Partei nicht mehr tragbar. Die neuen Besen kehrten ihn auf den Misthaufen.

„Der Alte sei an allem Schuld, der Alte hat von allem gewußt."

Die dynamischen Polit-Yuppies rückten nach, von links nach rechts, in Kaukanien gingen die Uhren nicht anders.

Im Mozart-Jahr neunzehnhunderteinundneunzig hatte Freund Victor eine Idee als Beitrag zu diesem Anlaß, die, wie die meisten seiner Projekte und Ideen, ins Wasser fiel: „Stell Dir Mozart in voller Größe auf einem Plakat vor, Mozart hat die Hose fallengelassen und seine Hinterbacken dem Betrachter entgegengestreckt und scheißt in präziser Spiralform einen Haufen Mozartkugeln, darunter steht gut lesbar „Gib Dir doch die Kugel", Unterschrift Wolfgang Amadeus Mozart, das Plakat ein mal zwei Meter groß, sollte überall erscheinen, auf Plakatwänden, Litfaßsäulen etc."

Mein Freund Stefan war von der Idee angetan, aber so eine Plakat-Aktion sei eben nicht billig, die Druckkosten machen vierzig Blaue aus, mindestens, und wer soll das bezahlen, Stefan muß es wissen, er ist zwar Schriftsteller, aber als Aktionist erfahren: „Vergiß es!" sagte Stefan abschließend.

Victor hatte laufend schräge Ideen, Victor war ein schwieriger Fall, Victor hatte kein Gefühl für das Machbare, Victor war nicht pflegeleicht, wie eine Kulturschreibtischtäterin zu wissen glaubte, Victor fahre jedem – auch dem ihm Wohlgesinnten – mit dem Arsch ins Gesicht, solche Umgangsformen könne man vielleicht Genies durchgehen lassen, Victor sei aber kein Genie.

Victor hatte auch dafür eine Antwort: „Wenn mich, jemals, die leeren Hülsen – Gott sei mir gnädig – eines Tages für genial halten sollten, dann würde ich sofort ohne Zögern auf das Dach des Hollein-Hauses steigen und hinunterspringen, so wahr mir Gott helfe."

Stefan, der wahrlich kein geliebtes Kind der kaukanischen Kulturszene war, und als Hungerkünstler vorn und hinten verschuldet, auf der Watch-List des kaukanischen Rundfunks stand, fragte, warum er ausgerechnet das Hollein-Haus als Sprungbrett ausgewählt habe.

Weil es oben auf dem Dach ein ideales Sprungbrett gebe, antwortete Victor, wir, das heißt Victor, Stefan und ich, standen zwanzig Minuten später vor dem Konsumtempel und schauten hinauf, oben auf dem Dach stand ein perfektes Sprungbrett, keine Täuschung.

„Die Gefahr, daß Du jemals von dort oben hinunterspringst, ist gleich null", stellte Stefan fest.

Am zweiundzwanzigsten Dezember neunzehnhunderteinundneunzig spielte der Terzen-Furzer im Café Prückel sein Repertoire der Weihnachtslieder herunter, Stille Nacht, heilige Nacht, Ihr Kinderlein kommet und so weiter.

Die Tageszeitungen im Café Prückel meldeten, Gorbatschow sei abgesetzt, der Mohr hat seine Schuldigkeit getan, der Mohr kann gehen, Jelzin wäre nun der Chef, die vielen schönen Pershingraketen waren für die Katz', das Reich des Bösen ist zerfallen. Daß der B-Picture-Star Reagan das noch erleben durfte!

„Gott, der Allmächtige", werden die TV-Prediger – der noch intakten USA – mit Tränen in den Augen verkünden, „Gott, der Allmächtige, sei für freie Marktwirtschaft", phantasierte Victor mit einem Schuß Wodka vor sich hin.

„Aber, wieso denn?" widersprach Robert, „es steht geschrieben", wörtlich könne er sich nicht erinnern, „es steht geschrieben", jedenfalls sei sein Sohn damals in den Tempel gestürzt und habe das goldene Kalb zertrümmert.

„Eben, eben", hakte Victor unnachgiebig ein, das eben war seinem Vater nicht recht, absolut nicht, man wisse ja, wie es dann gekommen sei, der Allmächtige habe nicht einmal den kleinen Finger gerührt, als die Zombies seinen Sohn ans Kreuz genagelt haben, die absolute Omnipotenz habe bloß zugesehen, sein Sohn habe doch oben am Kreuz – an Händen und Füßen angenagelt – gefragt: Vater, Vater, warum hast Du das getan? Ja, warum denn wohl, ist doch klar, stürzt in den Tempel und haut das goldene Kalb kaputt, das kannst du nicht machen. Victor war nicht ganz nüchtern.

Im Sommer neunzehnhundertdreiundsechzig stand ich ohne einen Groschen da, ich dachte an BOBO, der Architektur studierte, und seine Eltern, die neunzehnhundertsechsundfünfzig nach Kaukanien emigriert waren und hier ein kleines Caféhaus betrieben, „Café Girardi" hieß es. Herr Josef, der Kellner, der perfekt Französisch, Englisch und Italienisch sprach, trug einen Bürstenhaarschnitt, war schon fünfzig Jahre auf dieser Welt herumgeirrt, hatte jahrelang auf Passagierdampfern nach Übersee gearbeitet, er sei ein Kosmopolit, vor ihm und vor Gott seien alle Menschen gleich. Herr Josef fiel durch seine Nase à la Cyrano de Bergerac auf.

Studenten, die nebenbei arbeiten müssen, seien ihm sympathisch, er selbst habe es auch nicht leicht gehabt.

Die Gäste waren Kinobesucher, die vor oder nach der Vorstellung auf einen Kaffee hereinkamen. Das Kino war schräg vis-à-vis, ich konnte von meinem Arbeitsplatz – hinter der Kaffeemaschine – aus durch die Fensterscheibe die vielen Titel lesen, die in dieser Zeit liefen, „Krieg der

Knöpfe", „Die Katze auf dem heißen Blechdach", „Belle de Jour", „The loneliness of long distance runner", „Der schöne Antonio" und „Viridiana".

Was tun, kleiner Mann, habe er sich vor dem Spiegel gefragt. Abgebrochenes Medizinstudium, derzeit zweites Semester an der Akademie am Schillerplatz, aber er konnte seine Identität jederzeit, jedem gegenüber, mit seinem Studentenpaß nachweisen, mit gültigem Sichtvermerk für die nächsten sechs Monate, zu verlängern spätestens am einundzwanzigsten April, zweihundertvierzig Schilling Stempelmarken, Meldezettel und Inskriptionsbestätigung, Nachweis der Geldüberweisung aus dem Einreiseland und verlängertem gültigen Paß, ausgestellt vom Studentensekretariat des kaiserlichen Konsulats vorausgesetzt.

Mit leicht gesenktem Kopf habe sein Spiegelbild ihn angeschaut: „Aus Dir wird nichts", das war neunzehnhundertsechsundsechzig.

„Du sollst positiv denken!" empfahl mir mein Freund Robert, als wir beide promoviert hatten, mit je einem weinroten Zylinder in den Händen, Dokumente mit der Unterschrift des Dekans, Prägestempel und dreihundertzehn Schilling an Stempelmarken, es war Dezember neunzehnhundertsechsundachtzig.

Robert war positiv, er besuchte Tai-Tschi-Kurse, Selbstfindungsseminare, hatte autogenes Training hinter sich und war erfahren in Meditationstechniken aller Art. Freundlich und locker, er konnte in einem vollgestopften Zugabteil acht Stunden lang schlafen. Wir feierten in der Kantine mit Rotwein unsere Promotion.

„Man wird wohl neue Visitenkarten drucken lassen müssen", meinte Robert in alter Frische.

Robert war geschieden und schon lange ein Profi-Single mit intaktem Haushalt, er hatte ein offenes Ohr und Zeit für Frauen, ihre Probleme und Wünsche, und Bobby war jederzeit über seinen Anrufbeantworter erreichbar.

Der kaukanische Rundfunk unterbrach seine reguläre Sendung und brachte die Meldung des amerikanischen Reporters im Original: "John F. Kennedy, the president of the United States is dead!"

Der alte Herr Schneider stand an der Kaffeemaschine, Josef, der Philosophiestudent, und ich spielten gerade im Billardzimmer des "Café Schneider" in der Märzstraße.

Herrn Schneiders Kommentar ist mir noch in Erinnerung: "Das war zu erwarten."

Josef, der eine Schwäche für gesunden Menschenverstand hatte, war mit dieser knappen Mitteilung nicht zufrieden und fragte den alten Schneider: "Wieso?"

"Na, hören Sie," offenbarte Herr Schneider uns seine Sicht der Dinge, "das ist doch bitt' schön sonnenklar, die Russen sind es gewesen, gar keine Frage, die Russen hatten eine alte Rechnung mit J. F. K. zu begleichen, ob wir die Kubakrise vergessen hätten, na, also, die KGB-Leute sind auch keine Waisenknaben."

Am nächsten Tag fragte mich Frau Himberger, die Pferdefleischhändlerin am Meiselmarkt war, ob ich die schreckliche Nachricht gehört hätte, na, ist das nicht furchtbar, dabei war er doch so ein fescher Mann.

Frau Himberger, die Pferdefleischhändlerin am Meiselmarkt, besaß zwei Zinshäuser, eines in der Märzstraße achtundfünfzig, vis-à-vis vom Café Schneider, Nummer achtundfünfzig war meine neue Adresse, Frau Himberger kam monatlich vorbei und kassierte persönlich die Miete, sie war eine kleine, aber bewundernswert korpulente Frau, ihre dunkelbraunen Haare waren spärlich und ließen ihre blasse Kopfhaut stellenweise frei. Sie trug einen Schnurrbart, kein dunkler Flaum, von dem die morgenländischen Dichter schwärmten, nein, einen regelrechten Schnurrbart, das gibts. Eine erbsengroße Warze saß über ihrer linken Augenbraue, völlig falsch am Platz. Jeden Tag, außer Sonntag, lief sie mit einer blutbeschmierten weißen Schürze und kniehohen schwarzen Gummistiefeln herum.

An Sonn- und Feiertagen setzte sie ein giftgrünes Etwas auf den Kopf und zog ihren Breitschwanzpersianer an, der ihr viel zu eng an den Schultern war.

Jeden Sonntag traf sie sich mit ihren Freundinnen – im Café Aida – bei Cremetorte und Kaffee auf einen Tratsch.

Politik sei nicht ihre Sache, erklärte sie mir, aber was da passiert sei, könne sie einfach nicht verstehen, und ob ich mir vorstellen kann, die arme Jacqueline, sie könne es immer noch nicht glauben.

Ein paar Wochen danach kam Frau Himberger, ohne anzuklopfen, in mein gangsepariertes Privatzimmer mit fließendem Wasser.

Die Nachbarin, Frau Oberhuber, vom zweiten Stock, Nummer zwölf, habe ihr erzählt, daß eine Negerin bei mir ein und aus gehe, sie persönlich habe absolut nichts gegen Schwarze, ihr sei das wurst, aber die Parteien hatten sich aufgeregt, und sie wolle ihre Ruhe haben, außerdem gebe es genug fesche Mädchen, warum ich ausgerechnet eine schwarze Freundin wolle.

„Gehen Sie zum Teufel, Sie altes Schlachtroß!" habe ich geantwortet. Meine nächste Adresse war jenseits des Flusses. So ging das.

Häßliches Vorstadt-Industriegebiet, vom Fenster aus im dritten Stock konnte man die ganze Schnellbahnstation überblicken, in Zehnminutenintervallen fuhren die Züge ein und aus, und die Lautsprecher bellten.

Die Schnellbahnstation erklärte die niedrige Miete. Das Haus war ein Eckhaus, davor die breite Straße, die vierspurig nach Osten führte. Die kaukanischen Autofahrer, die sich dank Wirtschaftswunder mehr PS leisten konnten, brausten hin und her, und wenn sie die lockeren Kanaldeckel überfuhren – und das taten sie regelmäßig – dann dachte ich an jenen amerikanischen Amokläufer, der vom Fenster aus mit dem „Peacemaker" und Zielfernrohr die beweglichen Ziele[37] anvisierte.

Da ich noch kein Amokläufer war, blieb das Fenster die meiste Zeit geschlossen, trotzdem saß die alte Nachbarin stundenlang am offenen Fenster

---

[37] *„Bewegliche Ziele", Film von Peter Bogdanovic.*

und beobachtete die rasenden Blechkisten. Sie hieß Frau Biedermann und war stocktaub, ihr Hörgerät benützte sie nur dann, wenn es unbedingt nötig war. Für Frau Biedermann interessierte sich kein Mensch, außer der Hausbesitzer, der die Wohnung frei haben wollte.

Drei Wochen nachdem die Amerikaner auf dem Mond gelandet waren, war Frau Biedermann weg vom Fenster. Grau uniformierte Männer trugen den Blechsarg die Stiegen hinunter.

Ein paar Nächte vorher schien der Vollmond, als ich das Fenster aufriß, um Luft zu schnappen, rief mit Frau Biedermann zu: „Der Mond ist auch nicht mehr das, was er einmal war!"

Die Amis hatten ihre „Stars and Stripes" in den Mondsand gesteckt und ihr Revier markiert, dann sind die Astronauten wie Gummibälle herumgesprungen, haben jede Menge Fußspuren hinterlassen und die Botschaft verkündet: „We came in peace for all mankind."

Auch die Sowjets haben damals ihre Runden um den Mond gedreht, und die Medien meldeten ein Kopf an Kopf-Rennen zwischen den Supermächten.

Die eine Supermacht ist bereits Geschichte, und die andere hat mit der „neuen Weltordnung" gedroht, und ein Alpendramatiker schrieb: „Der Mond ist eine nackerte Kugel."

Im letzten Augenblick – fünf vor zwölf – kauften sich die Kaukanier für gutes Geld einen Platz für den ersten Kaukanier im Weltraum im Raumschiff „MIR"[38], das war neunzehnhunderteinundneunzig.

Der kaukanische Astronaut durfte von MIR aus die Fragen des Bundespräsidenten beantworten. Die Kaukanier durften im Fernsehen und Radio mitsehen und mithören.

„Von oben gesehen dürfte doch die Erde klein und zerbrechlich aussehen", sagte der Präsident sinngemäß.

---

[38] *„MIR", der letzte Raumflug in der Geschichte der UdSSR, heute GUS genannt.*

Die Erde sei wunderschön, und er könne von hier aus Kaukanien erkennen und sehr deutlich den Neusiedlersee, war die Antwort sinngemäß.

Der k.k. Astronaut berichtete unter anderem, daß seine Verdauung zu seiner vollen Zufriedenheit funktioniere, und während er dort oben tüchtig arbeite, habe er die Nachricht erhalten, Vater geworden zu sein. Der k.k. Präsident gratulierte bewegend und herzlich.

„Was gibt es Schöneres, als im Weltall Vater zu werden", antwortete sinngemäß der k.k Astronaut von MIR aus.

Der Frau Biedermann ist das alles entgangen, sie weilt seit Jahren nicht mehr unter uns. Der Mann von der Straße reagierte gelassen, er war die letzten Jahre verkabelt und verwöhnt, hatte Zugang zu Satelliten und jede Menge Knöpfe, die er drücken konnte. Amerikanische, deutsche, italienische Showmaster unterhielten ihn, er war „live" dabei, wenn irgendwo irgendwas los war, und hier unten war allerhand los, er hatte noch die starken Action-Bilder von Bagdad vor Augen, ein gemütlicher Routineraumflug ließ ihn kalt.

Die Russen hatten andere Sorgen, im zerfallenden Reich, wie es im Jargon der Moskaukorrespondenten hieß.

Victor, dem ich in den letzten Jahren öfter begegne, interessierte sich für diese Geschichten nicht, nicht einmal für den großen Schritt der Menschheit nach vorne. Die Menschheit solle lieber einige Zeit stehenbleiben und nachdenken.

„Die Menschheit muß und will fortschreiten, wohin?" fragte er sich, „Ist es vielleicht so, wie die Werbefritzen behaupten, daß der Weg das Ziel ist?"

Die Werbefritzen sind neu gestylte Nachfolger der Roßtäuscher, die in vergangenen Zeiten alte, zahnlose Gäule als Vollblut-Araber angepriesen haben.

Victor wußte Bescheid, er hatte ein paar Jahre seine Brötchen mit Werbespots verdient, „non olet" sei damals seine Devise gewesen, dann habe ihm der Job doch zu sehr gestunken, sein Gewissen sei für sein Minus auf dem Konto verantwortlich, sein Gewissen habe ihn bis dato jede Menge Kohle gekostet, er wisse nicht, wie lange er sich diesen Luxus leisten werde können, die Zeiten des Brainstorming seien für ihn jedenfalls vorbei, einige Highlights seien ihm noch in Erinnerung, als er stundenlang versucht habe, die Brustwarzen der Dorflolita schön anregend, konsumentenfreundlich und steif aufzunehmen, während sie mit einem exquisiten Shampoo unter der Brause die Haare wusch, das sei keine einfache Sache gewesen. Von der Maskenbildnerin bis zum Kameraassistenten, alle seien mit dieser Aufgabe, die Brustwarzen von Gabi – so hieß das Modell – erotisch und steif zu präsentieren, beschäftigt gewesen. Endlich habe der dicke, bärtige Requisiteur das Problem mit zwei Stück Eiswürfeln zur vollen Zufriedenheit des Agenturchefs gelöst.

„Schau!" sagte Victor, „auf sowas wärst Du nie draufgekommen."

Er habe damals, egal wie man es sehen wolle, ein Erfolgserlebnis gehabt, und das habe ihm zu denken gegeben.

„Was ist dann weiter passiert?" wollte Robert, der mitgehört hatte, wissen.

„Ich verstehe die Frage nicht", antwortete Victor.

„Was ist mit den eiskalten Brustwarzen passiert?" wollte Robert unbedingt wissen.

Sie sei ganz groß ins Geschäft eingestiegen, ihr Ruf ging ihr bereits voraus, jede Menge Werbespots mit ihr und ihrem Busen, auf Straßen, Plätzen, in U- und S-Bahnen, Über- und Unterführungen, von Riesenplakaten stachen ihre eisgekühlten Brustwarzen dem kaukanischen Konsumenten ins Aug'.

Robert war mit der Antwort nicht zufrieden, aber Victor winkte ab.

Seine Karriere als Roßtäuscher sei zwar kurz, aber dafür lehrreich gewesen. Der Agenturchef habe seinen Abgang bedauert, letztlich sei es völlig egal, womit einer seine Kohle mache, der Agenturchef behauptete, überall sei der Himmel blau, wo anders koche man auch bloß mit Wasser, in der Politik zum Beispiel – das müsse er schließlich wissen –, denn er sei ja für die PR-Arbeit und die Wahlkampagne der Politparteien verantwortlich, und die Roßtäuscherei, wie Victor zu sagen beliebt, sei in der politischen Praxis viel ärger.

Kaiser und Könige haben ihre Untertanen durch die Nachtwächter, die mit Windlichtern in der Hand durch die Gassen liefen, verkünden lassen, der Bürger solle ruhig schlafen, denn der König sei wach.

Man müsse eben die Zeichen der Zeit erkennen.

„Victor", schrie Stefan, „vergiß die Scheiß-Werbefritzen und PR-Frauen und -Männer, trinken wir auf historische Ereignisse, die wir als Zeitzeugen erleben, lasset uns Riesenluftballons steigen und chinesische Gaukler Saltos schlagen und die ganze Welt in Disneyland verwandeln, und wer zu spät kommt, den wird die Geschichte bestrafen."

Robert verabschiedete sich: „Ihr atmet beide zu flach", schlug die Tür zu und ging. Robert werde uralt werden, meinte Victor, er werde uns beide begraben, dann die Sauerstoffmaske aufsetzen und sich in vollendeter Tai-Tschi-Bewegung in seine virtuelle Welt zurückziehen, um digitale Schönheiten zu begatten.

Stefan fixierte den nicht mehr ganz aufrechten Victor: „Die Idee mit den digitalen Weibern ist ausbaufähig."

Victor müsse sie unbedingt japanischen Computertypen anbieten, damit könne er x-mal mehr verdienen, als Spielberg mit seinem „E.T." je verdient habe.

Victor stand auf, so gut er konnte, um hinauszugehen und seine Freundin von der Telephonzelle aus anzurufen, er habe genug von Männergesellschaften.

Warum er – Victor – nicht von hier aus anrufen wolle, fragte ihn Stefan.

Nein, sein Telephon werde von der STAPO[39] abgehört, er wolle keine Aufzeichnungen von

---

[39] *Kaukanien war und ist eine Republik mit parlamentarischer und demokratischer Verfassung, die Freiheit seiner Bürger ist verfassungsmäßig garantiert. Jeder Bürger darf seine Meinung in Wort und Bild äußern.*

seinen intimen Gesprächen: „Sie müssen nicht alles wissen." So ging das.

Die Semesterferien im Sommer neunzehnhundertvierundsechzig bescherten mir die Bekanntschaft mit Franz Jelinek, Meister in einer mittelgroßen Werkstatt. Die leeren Taschen zwangen mich, über den Sommer als Lieferant den klapprigen alten VW-Bus für schäbiges Geld zu fahren. Ich fuhr Meister Franz und seine Balkongitter in verschiedene Stadtteile. Die gesichtslosen, schachtelförmigen Neubauten wurden mit Balkongittern aus Meisterhand verschönert.

Meister Franz war über vierzig und trug das übliche dunkelblaue Arbeitsgewand, einen Werkzeugkasten und eine uralte Tasche aus braunem Leder.

Meister Franz war Gewerkschaftsmitglied und besaß das sozialistische Parteibuch, hatte ein kurzes Gedächtnis und große Angst vor der „Gelben Gefahr".

Meister Franz machte Punkt neun Uhr vormittags Frühstückspause, öffnete die alte Tasche, stellte die Doppelliterflasche Weißwein sorgfältig auf den Boden, schnitt die Wurst in Scheiben, wiederholte – wie täglich – sein Motto: „Essen und trinken hält Leib und Seele zusammen." Die Doppelliterflasche war um vierzehn Uhr – nach vollendeter Mittagspause – leer, und Meister Franz löschte dann seinen Durst mit drei, vier Flaschen Bier, bis der Arbeitstag um sechzehn Uhr zur Neige ging.

Meister Franz war gelernter Schlosser, die Werkstatt ein überdachter Hinterhof, er beschäftigte vier Handwerker, die am laufenden Band Balkongitter bastelten. Meister Franz wurde während seiner Abwesenheit von den Gesellen „Altes Arschloch" genannt, denn der Meister war der Meinung, daß die Jugend von heute nicht weiß, was arbeiten heißt. Meister Franz fertigte – wenn ihm noch Zeit blieb – Sicherheitsschlösser an, auf diesem Weg besserte der Meister Franz – schwarz – sein Einkommen auf.

jeden Abend mit Handwerkern, Maurern und Malermeistern vollbesetzt war, die auf der kühlen und schattigen Terrasse auf wackeligen Thonet-Sesseln saßen.

Usta Jagub vermittelte nebenbei Jobs in der Gegend und kassierte Provisionen, so kam Usta Jagub auf seine Rechnung und war gut aufgelegt, klopfte seinen Gästen auf die Schultern und fragte nach ihnen und ihren Söhnen und schenkte jedem großzügig sein Lächeln, dabei konnten die Gäste die zwölf goldenen Zähne bewundern, die sonst von Usta Jagubs Schnauzbart verdeckt wurden. Usta Jagub servierte die beste Abguscht[43] in Jusef-Abad und war Kanarienvogel-Liebhaber und pflegte persönlich die Singvögel, die auf der Terrasse in Käfigen saßen. An der Stirnwand des Caféhauses standen drei riesengroße Samoware und spendeten rund um die Uhr starken Tee. An der Wand hing das von Fliegenschiß übersäte Portrait seiner Majestät in vollem Ornat, darunter

---

[43] *Abgutscht, dicke Lammfleischsuppe mit viel Zwiebeln, Bohnen und Paradeisern.*

hingen eine Reihe Schwarzweißbilder der Fußball-Nationalteamspieler, der berühmte Mittelfeldstürmer war Usta Jagubs Sohn. Von ihm gab es ein großes Bild mit dem Siegespokal in der Hand, er hieß Sohrab, und wir Gassenkinder bewunderten ihn, das war neunzehnhundertfünfundfünfzig. Jahre danach in Kaukanien erfuhr ich, daß Sohrab, der beliebteste Mittelfeldstürmer der Fünfzigerjahre, nebenberuflich „Befrager" im Sicherheitsbüro war und politischen Gefangenen bei Interviews die Knochen brach und die Fingernägel zog.

Als Usta Jagub im Spätsommer desselben Jahres vor Sonnenaufgang zwei von seinen Singvögeln steif am Käfigboden entdeckte, zeigte er den ganzen Tag niemandem sein goldenes Lächeln und kaufte bald darauf vom Wandervogelhändler zwei neue, die aber beharrlich schwiegen und auch Tage danach keinen Ton von sich gaben. Usta Jagub fand sich damit ab und gab weiterhin den kleinen Schweigern das Gnadenbrot, wir hörten davon, daß irgendeiner der letzten Darwische[44] vorbeigekommen sei und die stummen Vögel mit Kennerblick angestarrt habe und anschließend Usta Jagub in der lockeren Art der Darwische gesagt habe, er könne lange auf den Gesang dieser Vögel warten, denn es seien keine Kanarienvögel, sondern gewöhnliche Spatzen, er sei dem Spatzenfärber auf den Leim gegangen. Usta Jagub schwor, dem Wandervogelhändler den Schädel einzuschlagen, falls er sich je wieder sehen lassen sollte.

Nur, die Spatzenfärber kommen denselben Weg nicht zweimal vorbei.

---

[44] *Darwisch, Wandersufi, etwa vergleichbar mit einem Bettelmönch.*

SPATZENFÄRBERS NACHREDE:
Fiktionsarbeit gegen Autobiographie
Burghart Schmidt

Victor Wiege legt mit seinem „Spatzenfärber" der Lektüre ein Textliches vor, das, durchaus in autobiographischer Struktur, aus der Kindheit heraus anhebt gegen das alltäglich übliche, nämlich springend durcheinanderwerfende Erinnern. Als ob es darum ginge, dieses jedem vertraute Erinnern der Streuung aus lebensökonomischer Not zu überwinden durch den so genannten Lebenslauf, der sogar für Bewerbungsaufgaben in der Schule geübt wird. Und doch hält es Victor Wiege schnell nicht mehr dabei aus, er spielt von später her Gegenwarten in Vergangenheiten ein wie umgekehrt so sehr, daß ein bewegliches Impressionen-Gemenge der Hinblicke statt der An- und Ausblicke entsteht, impressives Hin und Her, das einen mit immer wieder anderen Kürzestgeschichten sehr zu unterhalten vermag, bisweilen unter Fortsetzungen von vorangegangen abgebrochenen Ansätzen. Färbungen und Tönungen übertragen sich dabei und blenden ineinander, blenden um.

Der Titel des Buchs gilt nicht nur einer bestimmten, wieder hochgekommenen Erinnerung des Erzählens, sondern hat mit dem Gesamt dessen zu tun, was erzählt wird. Darum steht die Schlüsselgeschichte in ihrer gelungenen Schlüsseligkeit am Ende des erinnernden Textes statt programmatisch am Anfang. Denn daß ein Schlüssel in ihm Entsprechenden so schließt wie öffnet, dieses bedarf, wie nahezu fast nichts sonst so kurz-deutlich im praktischen Leben, des trial and error, dessen Triftigkeit durch Richtigkeit oder Unrichtigkeit erst am Ende des Akts sich herausschält, von grob sofort ersehbaren Schlüssel-Schloß-Varianten einmal abgesehen, aber innerhalb ihrer gibt es das, in einer Mikroschlüsseligkeit gleichsam.

Wenn also Wiege derart am Ende mit Erinnerung aus dem Kaukanischen Europas, gemeint ist natürlich unverhohlen Wien, ins Persische des Iranischen zurückkehrend auf Spatzenfärberei zu sprechen kommt, dann wird das Befremdliche am Titel nicht nur an sich selber klar und vertraulich, sondern es erwirkt Rückschlüsse auf das Ganze des Gelesenen. „Spatzenfärberei", dieses scheint dem Erzähler nach im „Morgenland" einen ganz normal wirtschaftlichen, dabei etwas gaunerischen Beruf zu bezeichnen, indem die überall in Menge vorkommenden Spatzen in eingefangener Auswahl auf kostbare Kanarienvögel gestylt und so verhandelt werden. Nur lernen sie beim Styling freilich nicht das Singen und das Styling fällt schließlich der nächsten Mauser zugunsten eines neuen, nun wieder spatzigen Federkleids ab.

„Spatzenfärberei" hält der Erzähler der Welt zum Spiegel vor in der differentiellen Struktur des Bilds, und nicht nur der Welt, sondern er selber sieht sich laufend in solcher „Spatzenfärberei", er färbt sich um mit den Situationen: Straßenjunge und höherer Schüler, Bittantragsteller und akademischer Promovent, Bewohner von Hintergangzimmern und Beobachter von Luxus-Orgien. Doch er möchte für sich ständig der Spatzenfärberei entgehen, und das tut er durch immer wieder anhebende, im Vielleicht von den äußeren Umständen erzwungene Fluchtbewegungen der Erzählung aus Erzählungen dieses Buchs entlang hindurch, gewollte und zuvor viel ungewollte. Darum eben behält der Autor sich die den befremdlich-freundlichen Titel beleuchtende kleine Geschichte von dem reisigen spatzenfärbenden Vogelhändler bis zum Beschluß hier vor, von dem her zu lesen wäre.

Beweglich wie die herumspielend impressive, vom Beschluß her neuerlich sich aufraffende und eintreffende Gesamtanlage zeigen sich die Sätze verschiedenster Typen von Ausrufen über den Stil, den man aus notierendem Tagebuch zu kennen glaubt, dann vorläufig narrative Satzfolgen, selten beschreibend und dann in konzentrierenden Wortbildern schlagartig statt geruhsam, bis zu Manierismen des Zögerns, Unter- und Hinterlaufens, der Überblendungen, der Schwenks und der vielen Umschaltungen: filmisches Texten.

Erzählt wird aus dem Leben eines Menschen, der, wie manche eingestreute Erinnerungsreflexionen annehmen lassen, christlicher Herkunft in Bereichen vom Kaspischen Meer bis zur iranischen Hauptstadt und darüber hinaus, oft in aus Dörfern zu künstlich aufgeblähten Riesenstädten expandierten Siedlungslandschaften groß geworden ist, mit Wechsel von Sowjetunion zum dem Kapitalismus nahen Nahen Osten, Erfahrungsgelände aus Gasse und zu Bazar, Bauernwirtschaft, Kleinhandwerk und nahöstlichem Vorstadtleben. Alles ist ja wie Gesamtanlage und Schreibstil im Status rätselnden Offenlassens per Abrissen und Anknüpfbarkeiten, wärs nicht so irden, fast ätherisch ohne Phrasen. Auch der Erzählertopos durchläuft die Personalia aller drei Sorten Ich, Du, Er, ohne sich festzulegen. Und der Durchlauf wird derart ins Oszillieren gebracht, daß zunächst offensichtlich Autobiographisches aus seiner Realistik immer wieder sich ins Fiktive empfiehlt.

An Tausendundeine Nacht gemahnende Andeutung des Fremdartigen vermengt sich von Anfang an mit der Allgegenwart einer international gewordenen Unterhaltungswelt aus Hollywood. Das löst in seinem leichten Gewebe Authentizitätseindrücke aus, die auch dort anhalten, wo der sich Erinnernde früh fürs Studium seine Heimat verläßt, um in die Hauptstadt des so getauften Kaukanien zu landen, unmißverständlich Wien, dem das Iranische über die Caféhauskultur nicht ganz fremd. Hatte der Orient sein Fremdes im Trommelfeuer der Nebelwerfer aus Hollywood zurückgenommen auf Touchs, so scheint Wien in Victor Wieges Impressionen viel umgetopfte Touchs aus Orientalismen gepflegt und gehegt zu haben zwecks Raums des Schmähs. Im Grenzland des Westens also nichts Neues.

Dieses Ausbleiben des Neuen wird aber durch die Impressivität des sich beschleunigenden Wechsels, durch die Flüchtigkeit des Auf- und Ausscheinens der angerissenen Motive nirgendwo fad. Höchstens wird man ins zu wartende Nachdenken geworfen durch das Einmontieren von Zitationen aus abgebrühter spanischlateinamerikanischer Skeptik des wegen Francismus nach Ecuador emigrierten und dort von Wiege zufällig aufgespürten Spaniers Soledad. Übersetzung von dessen geistigem Zentrum ins Kaukanische an der Grenze zur deutschen Sprache gelingt Wiege poetisch akzentuierend am Stakkato. Immer wieder taucht in alter Frische zu Wettgesang der Brudersphären der mythisch gezielte Chorus auf in der Formel: „So geht das!" alte Erinnerung der tragödialen Chorfunktion in der Sprache der Konversation, ein Skalden-Skandieren in der einzig uns noch möglichen Banalweise intermittierender Performation. Ohne daß nordgermanischer Skalden-Gesang direkt inhaltlich jenseits des Musikalischen und Natur-Poetischen unbedingt weniger banal gewesen wäre. Und Victor Wiege will, das darf nicht vergessen werden, Banalität darstellen im Unterschied dazu, daß das banal wäre.

Eine sinnvoll impressive und experimentale Flüchtigkeits-Autobiographik aus literarischer Ökonomie liegt mit Victor Wieges „Spatzenfärber" vor, die nicht in der Weise des Klatschs über die Person XYZ informiert, eine solche Person verflüchtigt sich vielmehr; doch über sehr viel Personales und Individuales geht der Text. Und doch: Das rasche Umblenden des Impressiven, das schlagartige Einmontieren von zitativen Philosophiekommentaren samt dem benannten Chorus, das Wechselspiel des fix umschlagenden Durchgangs durch die Personalia, mit allem diesem arbeitet im „Spatzenfärber" das Fiktive gegen das Autobiographische und läßt nur soviel davon übrig, wie schließlich in jeder Narratio steckt.

LESEN HEISST JETZT *SPLITTERN*

LESEN HEISST JETZT *SPLITTERN*

LESEN HEISST JETZT *SPLITTERN*

LESEN HEISST JETZT *SPLITTERN*

LESEN HEISST JETZT *SPLITTERN*

LESEN HEISST JETZT *SPLITTERN*

LESEN HEISST JETZT *SPLITTERN*

LESEN HEISST JETZT *SPLITTERN*

LESEN HEISST JETZT *SPLITTERN*

LESEN HEISST JETZT *SPLITTERN*

LESEN HEISST JETZT *SPLITTERN*

Burghart Schmidt

VON BURGHART SCHMIDT
IM SELBEN VERLAG ERSCHIENEN:

KITSCH UND KLATSCH

Fünf Wiener Vortragsessays zu Kunst,
Architektur und Konversation
deursch/englisch

ISBN: 3-901190-11-2

SCHRIFTBILD IN COLLAGE

(zusammen mit Eugen Gomringer)

ISBN: 3-901190-12-0

ÜBER: „LAB-ART ist."

deutsch/englisch

ISBN: 3-901190-10-4

Für Förderung dieses Projektes dankt der Verlag dem
BUK Bundesministerium für Unterricht und Kunst und dem
WIEN Kulturamt der Stadt Wien
KULTUR